挪\威\现当代文学译丛

雪晶的重量

Vekten av snøkrystaller

［挪威］索瓦尔德·斯蒂恩 / 著　沈赟璐 / 译

上海译文出版社

图书在版编目（CIP）数据

雪晶的重量 /（挪威）索瓦尔德·斯蒂恩（Thorvald Steen）著；
沈赟璐译.— 上海：上海译文出版社，2019.8
（挪威现当代文学译丛）
ISBN 978-7-5327-8136-2

Ⅰ.①雪… Ⅱ.①索… ②沈… Ⅲ.①中篇小说—挪
威—现代 Ⅳ.①I533.45

中国版本图书馆CIP数据核字（2019）第128430号

Thorvald Steen

VEKTEN AV SNØKRYSTALLER

© Thorvald Steen

First published by Forlaget Oktober AS, 2006

Published in agreement with Oslo Literary Agency

Simplified Chinese edition copyright:

2019 SHANGHAI TRANSLATION PUBLISHING HOUSE(STPH)

All rights reserved.

This translation has been published with the financial support of NORLA

NORLA

图字：09-2018-1166号

雪晶的重量

［挪威］索瓦尔德·斯蒂恩　著　沈赟璐　译
责任编辑 / 杨懿晶　装帧设计 / 胡枫

上海译文出版社有限公司出版、发行
网址：www.yiwen.com.cn
200001　上海福建中路193号
启东市人民印刷有限公司印刷

开本 890×1240　1/32　印张 6.75　插页 2　字数 100,000
2019 年 8 月第 1 版　2019 年 8 月第 1 次印刷

ISBN 978-7-5327-8136-2/I·5006
定价：45.00 元

"只要把七八对羽毛绑在他脚下，他就能胜过翱翔天际的鸟兽、跑得最快的灵缇，以及速度超普通鹿群两倍的驯鹿。"|
《国王的镜子》1250

1

星期天的早晨，我清楚地听见客厅的壁钟敲了四下。窗帘没有全部罩上，反正外面雪已经停了。我侧着身子静静躺在床上。钟响了五下后，我起身坐在床边。睡眼惺忪的我，慢慢把身子从床上挪开，踱到窗边。星星点点已褪成透明，夜云在月亮跟前滑过。近乎洁白的外表，仿佛白天才是它们的归属。月光洒在街道另一侧的市政厅上，光与影给砖墙披上一层蓝色的外衣。广场的月光分外强烈。白日即将来临，照亮冰雪覆盖的苍茫大地。门口的滑雪板已经上好了润滑油。再过四个小时，我的教练佩尔，就要驾着那辆精力充沛的沃尔沃车，载着其他的跳雪学员来接我了。公寓里静悄悄的，楼上楼下的水管没有一丝劲静。父亲曾说，他会起床送我出门，然后和我说再见。不过我完全没把这当回事，父亲母亲总是喜欢在星期天睡懒觉。"佩尔·斯特朗德简直就是神话。"当我在早秋时节告诉父亲，佩尔即将做我们的教练时，他发出了这样的感叹。

我打开吊灯，套上袜子，然后摸出床下的小手电筒，提着它走到门边。我小心翼翼地将把手往下压。门开了，光线从我房间窜出来，特别亮，我立马就看见那两块宽宽的滑雪板。它们被摆放在餐桌的椅子上，背面朝上。靠这两块木板，我就能飞。红色的垫块、绑绳还有蓝色的板尖能在半明半暗的光线里显出影儿。我按下手电筒开关，往前照。一阵小的窸窣声传入耳边。我把光对着滑雪板底面灰蒙蒙的地方。我是不是听到父母房间里有响声？显然那只是他们中有人在床上翻身而已。随后屋子又恢复成一片寂静。我用右手把光打在滑雪板背面，上下移动，然后用左手指尖轻轻划了划光线下的三条凹槽。之前上的银色蜡油，磨得还和原来一样均匀。这可是我花了三小时准备的滑雪板。昨天晚上，母亲让我和她还有父亲坐在一起，看电视节目，好歹是星期六。她说，一家人聚在一起是最重要的。之后还说了些什么，我记不得。那节目我最后没看，准备滑雪板才是我心中的头等大事。

我围着滑雪板转了一圈，不论从哪个角度看，它们都那么完美。润滑油的厚度刚刚好，一处擦痕也找不到。外面的气温低至警戒线，林德鲁德滑雪道的情况再适合跳雪不过了。寒冷的雪道和精心准备的滑雪板，它们之间的摩擦力将降为最低。设想一下，我会不会创造新的个人记录？我把手电筒稳稳地放在地板上，用双手挨个扛起滑雪板。每当我滑出雪地，疯狂向下滑翔时，我都会为这两块沉沉的滑雪板感到惊奇，它们竟然能变得像羽毛一般轻盈。我一边想一边轻轻地把滑雪板放在地板上，然后提着手电筒，溜进房间里。我把手电筒关了。接下来该找点什么事情做呢？要不把有关瑞典探险家萨鲁蒙·奥古斯特·安德烈的作文先整理出一个框架来？不，不管怎么说今天是礼拜天，而且离交作业还有很长时间。要不把牧师先生在教我们坚信礼的时候留的作业做了？不不，现在不做。我熄灭天花板上的灯，再次走到窗边。月光照耀下的云层仿佛是从天空上滑落的一根根肋骨。在确定这一天必将成为完美的一天后，我爬上床继续睡觉。

早晨八点我醒了过来。公寓里仍然静悄悄的。滑雪靴、弹力裤、棒球夹克还有我要穿的其他衣服，都已经放在了床边的椅子上。我换上衣服，右手提着厚厚的雪地靴，偷偷地走进厨房里。我蹑手蹑脚地打开冰箱门，拿出昨天晚上准备好的三明治，尽可能不发出一丝声响。厨房的桌子上放着我的书包，里面装着雪地护目镜、润滑油、盛有冰蓝莓汁的保温杯，还有一副备用连指手套、一件毛衣和一顶帽子。我把三明治装进书包，然后背起书包走到门口。我把靴子放在水门汀的地上，然后偷偷溜进房子把滑雪板取出来。我把滑雪板背面朝上放在地上，接着坐在台阶上穿靴子。靴子的皮革非常紧，将整只脚包裹得严丝合缝。我坐在冰冷的台阶上开始思考，为什么我喜欢穿这么紧的靴子。是不是因为勒紧鞋子能让我有种轻松驾驭滑雪板的心理暗示？下楼梯的时候，我用左手牢牢握着扶手。我时不时回过头，看看母亲或是父亲会不会突然站在楼梯上唠叨我。关上门，我站在比约嘉德的大街上，距离佩尔来接我的地方就一个街区。等待对我来说没什么，我已经十四岁，就快要十五岁了，早就懂得对美好的事物保有耐心。那天是一九七〇年圣灵降临节的第一个星期日。

几小时之前，月光还给砖墙披上淡蓝色的外衣，现在已经涂抹成红棕色了。天空中的云朵已然舒展开。我身上背着书包，右肩上扛着滑雪板。九点十分，佩尔到了。奥拉坐在他身旁的前座。

"你看上去很高兴，我看得出来，"佩尔一边说，一边把滑雪板固定在车顶上，"爬到伊万旁的后座上。"

前三跳比我想象得要短。在第四次跳跃之前，我把注意力集中在滑雪板顶端的尖部，过了很久后，我再反复检查卡扣，调整护目镜，坐地上又站起来，重新调整卡扣和护目镜。

"今天你还要再跳吗?"站在我身后的伊万大声问道。

我把滑雪板放在轨道上，然后先把右脚蹬入滑雪板。佩尔站在山顶，好看清楚我们滑的姿势。他告诉我把屁股蹲低一些，这样能减少空气阻力。当重重的滑雪板开始滑起来的时候，我把上半身往前倾，眼睛聚焦在跳台的边缘。只有右眼的余光可以瞥见佩尔的靴子。脚趾、指头、小腿、膝盖、大腿、臀部和我向后摆放的手臂随着靴子离开起跳点边缘，像羽毛一般飞扬起来。我发现和以往相比，这次的跳跃稍微靠山坡的右边倾斜了一点。我往身下看，那儿坐落着让人叹为观止的景色，再往下点，可以看见大面积的土地藏在厚厚的雪层下面。我用手臂夹紧身体，尽量将两块滑雪板靠在一起。我身体前倾，弹力裤随风拍打着身体。我张开嘴巴屏住呼吸，沉沉的滑雪板在脚下，而我在太阳和蓝天下飞腾，在高耸的山间画出一道漂亮的弧线。我用右手调整了一下滑雪杖，像船只转舵一般，朝左边飞去。身体一直失重地在空中飞翔着，等双腿完全准备好降落时，我离地面只有几米远。

这次我降落在缓冲地带的最低处，悠悠地荡到平地上。佩尔已经从跳台走了下来，他火急火燎地走下楼梯。我朝他慢慢平滑过去。

"这次是你跳得最好的一次！"他大声吼道，"感觉还不赖。"我冲滑雪板点点头，表示同意。我心底想的是，这次起跳前我可是做好了充足的准备。

"从最高点跳出去是最重要的。"佩尔一边说一边用手拍拍我的肩。

等我们吃完干粮，喝完我的蓝莓汁后，我开始往山峰走去。右腿隐隐觉得有些不对劲。

我出发了。当我尝试从跳台的边缘往外冲时，我的右腿使不上力。我没法在冲出山坡的时候将它伸直。整条腿没有知觉。身体不断转向右边，最后我两腿分开摔了下来，身子疯狂地往前翻滚。两肩非常疼，这感觉并不奇怪。肩膀着地的时候用力相当猛。可我的右腿究竟是出了什么问题呢？佩尔扶我站起来，撑着我走到车里。他帮我脱下滑雪板，穿上棒球服。

"你坐在前座上，我把车子发动起来，这样你就暖和了。等奥拉和伊万都跳完，我们就回家。抱歉，我把你逼得太紧了。"

我摇了摇头。

"不是你的错。"我回答道。

晚上的时候，肩膀疼得更厉害了。我什么也没对父亲母亲说，但我决定如果疼痛没有好转，第二天我就去学校医务室的大妈那儿看看。

我之前去过三次医务室。每次都是去打疫苗或是做一些常规检查，她对我一直都很和蔼可亲。

"你得把上衣脱了，这样我可以好好检查一下。"她说。

我解开衬衫的纽扣，把衣服放在写字桌上。

她小心翼翼地捏了捏我的肩膀。

"你怎么会有那么多淤青？别的地方还有吗？"

我脱下裤子给她看另外五处淤青。她仔细观察了好久，盯着我的屁股、大腿、小腿一顿猛看，然后又检查了一下我的肩颈和后肩处。

"你最近老是摔跤吗？"

"可能比平时要厉害一些。"

"你腿不疼吗？"

"好像有点疼，不，我觉得不疼。"

"穿好衣服吧。你先去走廊上等我一下，"她一边说一边拿起电话听筒，"我去打电话给一个认识的医生。让他给你好好检查一下。你这样的情况最好做一个全面的检查。一定会好起来的。"

我点点头。

"能否帮我在学校请一小时的假？"

"我会试试的。"她微笑着对我说。

走廊的光线很昏暗，我坐在唯一的一张椅子上，心里暗自为跳台滑雪季终于开始这件事而感到高兴。早在三岁的时候，我就开始投入跳台滑雪的练习中了，当时还是在父亲用铲子堆的小雪堆上跳的。跳两米还是二十米，这之间有很大的区别。八岁的时候，我可以一下子滑过一百米。我唯一要做的就是悬浮在空中，如果距离不够远，那就得漂浮得久一些，久到能存入我的记忆里。漂浮的时候，我的脑袋和身体融为一体，所有的烦恼都被我抛诸脑后。因为我所有的思绪都集中在速度、漂浮和降落上。

门开了，医务室的大妈走出来递给我一张纸片。"给你预约了朗格医生，十二月四日上午十点。"

"谢谢。"说完，我便拿起夹克衫走了。

2

朗格医生的诊所在奥斯陆的市中心，去拜访他的这一路上，我不停地在想，周五的雪一定能给我训练的雪坡场地创造最好的条件。身上的淤青正渐渐褪去，肩膀感觉彻底好了。我瞄了一眼手表，看来要抓紧一些去赴约才行。我企图让自己走快一些，但步子却总是迈不开。

整条马路只有主干道的雪被清理过。人行道上的雪几乎能没至脚踝。等我按响诊所的门铃时，全身出了好多汗，心跳加速。一名满头银发的护士走了出来。候诊室里一个人也没有。她让我把外衣挂在衣帽架上，然后直接进去找医生。

"我能不能等一下再进去，"我边问边在就近的一把椅子上坐了下来，"我现在有点喘。"说完我尝试让自己深呼吸一口气。

她重新回到诊室里，轻轻地关上门。诊所外阳光明媚，四周点缀着些许白云。

"你能请他进来吗？"我听见关着门的房间里传来一位男子的声音。门把手往下压了压，我站起身来。

"祝你好运。"她一边说，一边轻轻抚摩我的肩膀。

朗格医生戴着厚厚的眼镜仔细打量我。一对浓密的黑眉下嵌着一双小而泛灰的眼睛。我从没见过比他更弓身缩背的人。就算是坐着的姿势，这么驼背也太难以置信了点。他迅速对我露出笑容，拉起我的手，指了指那把空的椅子。我们四目交汇，看着彼此。我点点头，坐了下来。他也对我点了点头，然后深吸一口气，低头看着文件。他埋头专注地望着打印机里吐出来的纸张，眼睛扫描着上面的一行行文字。刹那间，我仿佛觉得这个动作会永远重复下去。他是不是忘记我坐在这里了？我环顾四周。墙上挂着两幅图表和一张用玻璃画框裱起来的画。其中一张图表上写着字母，另外几张上的字，字体稍小一些，没法轻易辨认。窗边挂着一张白色的图表，上面画着一个橘色身体的男子，并用蓝红色阴影标示他的骨骼、肌腱和肌肉。我把视线转到窗外。白色的窗帘被束在一侧。墙外停靠着一辆雪地摩托。随后我再将目光转回朗格医生身上。他仍旧在看文件。他是遇到了什么不明白的东西吗？突然，他注意到我正目不转睛地盯着他。

"到我们了，嗯。"他说话的时候眼睛依旧死死盯着手上的纸。然后他往鼻梁上推了推眼镜，审视着我。

"肩膀怎么样？"

"很好。"

"你能把衣服脱下来吗？"

"要脱多少？"

"你里面穿底裤了吗？"

我点点头。

"底裤里还穿了内裤。"

"脱到只剩下内裤比较好。"

我脱下衣服裤子，手臂上起了不少鸡皮疙瘩。

"你坐下来，让我检查一下你的反应。"朗格医生说。

他掏出一把橡胶手柄的小榔头，简单地在我的膝盖和手肘上敲了敲，嘴里嘟嚷着一些我听不懂的词语。

"你能站起来吗？"

他先检查了一下我的肩膀，随后是胸部、臀部，最后是腿部。

"你不胖啊，是吧。"

"嗯，我应该不算胖。"

"平时有什么爱好吗？"

"跳台滑雪，也会下下象棋。怎么了？"

"就是想知道你课外一般做点什么。没别的意思。"

朗格医生绕着桌子走了一圈，然后弯下腰埋头看文件。翻完文件，他又走到书架前，找到一本厚厚的书，然后打开。他一边读，一边用大拇指指着书里的文字。接着他把书合上，又放回书架。站在原地思考了一会儿后，他走到我跟前。

"你转一圈看看。"

我听从他的话转了一圈。

他摸着我的后肩膀和大腿。

我觉得身体发冷。

"你去根芙护士那儿做个肌肉活体检查。她会在你的大腿里插一根针，然后取出一小部分的肌肉组织，最后由我们寄到国立医院的实验室去。"

"为什么要做这个检查？"

"这个之后再聊。"朗格医生回答道。

我本来还想说什么，但是全给忘了。直到现在我才意识到，当时的朗格医生和护士其实已经知道了我的病情，只是我还蒙在鼓里。

我走进会客室，根芙护士已经备好了一支粗针，等着我。

"你坐到椅子上。会有一点儿疼，但是很快就好了。我保证一定很快。"

她说的是实话。

打完针我又被叫到朗格医生的房间里。

"你可以穿衣服了。"他边说边把眼镜放回原处。他没刮胡子，脸上的颧骨很突出，额头上还有许多皱纹。而他的肌肤要比我认识的所有成年人都要红。

为什么他这么吝惜词语，都不多说一个字？

"可以叫你父母过来一下吗？"

"他们在上班。"

"在哪儿工作？"

对于这个问题，我有些犹豫。

"你有电话号码吗？"

"他们上班的时候我一般不会打给他们。"

"那好吧。"

朗格医生再次从椅子上站起来，他往书架前走了两步，然后把前几分钟刚看过的那本书抽出来。我估摸这一页的内容，他之前应该读得很仔细了。接着他转过身，走去会客室里。过了一会儿他又回来了。

"我们试着给你父母打过电话了。根芙护士找到电话了。"

"你没打通吗?"我问的时候心里在打鼓，生怕他看出我如释重负的样子。

"你妈妈有时间过来，和你爸爸也联系上了，不过他有些忙。"

"你准备和他们说些什么呢?"

"我现在相当确定，你应该得了某种罕见的肌肉障碍症。"

"这是什么意思呢?"我问道。

他摘下眼镜，把它搁在我们中间的桌上，然后摸了摸满是皱纹的额头，随后身体靠在椅背上。他头上的毛发比眉上的还要稀少。

"这我可能解释得不清楚。毕竟我也不是儿科医生。我想最好还是等你父母到场比较好一些。"

"我已经不是小孩子了，明年春天我就……"朗格医生戴上眼镜，整个过程中只有这一次他是认真地看着我。

"抱歉，我必须要对你说，我挺担心你继续参加跳雪的。国立医院那边给的回答非常坚决。为了安全起见，我还要和医院的几个专科医生好好聊一下。之后我会给你的父母寄信过去。"

我真想立刻就离开这里，不想再继续听下去。我试图站起来，但我感觉整个人天旋地转。无奈我只好再坐回去。

"我不能再跳雪了吗?"我大声问道。

朗格医生把自己的凳子往前拖了几步，随后把眼镜抬到脑袋上。过了几秒钟，他又开口了。

"很遗憾，"朗格医生喘着气说道，"你的肌肉现在出现的弱化症状就是很明显的征兆了。我很担心你继续跳雪的话，肌肉会越来越软弱。"

我闭上眼睛站起来，然后睁开，侧眼看着他。

他坐在原地。

"我能走了吗？"

我身体往后退了退。

朗格医生低头看向桌面。

"我应该过段时间再把这事情告诉你的。"他缓缓地把话说出口，眼睛注视着我的一举一动。

"不必这么说，"我一边说一边摇头，"我现在可以走了吗？"

"嗯，"朗格医生回答道，"但是希望你能回去和你父母好好聊聊，并且让他们尽快给我回电话。打到我家里也可以。"

他面前的桌上有一个开着盖的玻璃盒子，他从里面掏出一张名片，递给我。我接下名片，放在裤子的后口袋里。

朗格医生伸出手来，但我没理他。他只好拍拍我的肩膀，我迅速走到门边，握住门把手。

"再见。"我听见身后传来这句话。

下楼梯的时候，我的脚步走得很慢，脑子里一直在盘算该用什么词汇来形容他。我就这么莫名其妙地走到了卡尔约翰大街。天空升高了一些，湛蓝湛蓝的。我到底出了什么毛病？我的头就像是带着两部照相机的卫星，我和身体之间的距离，以及我今天经历的这些，感觉都比以往的事情要重大多了。

大雪沿着马路牙子堆在地上，路上的指示牌起起伏伏的。我好像明白了什么。这儿的雪很清，颜色是灰色，没有冰淇淋的感觉，就只是光秃秃、干巴巴的雪而已。我可以看见路面像钉子一般直。然后我继续往前迈着步子，不是滑着走，就是普通的走路。交通信号灯不停切换着颜色，红色、黄色、绿色、黄色、红色。这些颜色我都分得清。现在我要去哪儿呢？是这儿？还是那儿？我一动不动地站在原地。身旁有一个绿色的垃圾桶，嘴巴里有牙齿。我用舌头确认了一下，牙齿还在。我张开嘴，大声吼叫。我不明白究竟发生了什么。

我抽出后口袋里的名片，撕碎后扔进了垃圾桶。我在街头站了很久，然后才意识到我应该去上学了。现在赶过去的话，还来得及听第四节课。我朝着穆勒大街小学走了几米后，决定还是回家为好。我脑海里开始演练，等母亲父亲下班回家后，我应该对他们说些什么。

我一打开门锁，便呼喊起他们的名字。我知道，自己的呼喊并不是要什么回应。我把书包放在卧室里，然后躺在客厅的沙发上。当我醒来时，天都暗了。时钟指在五点十分，这天是星期二，轮到我做晚饭。我开始着手准备土豆和胡萝卜。当锅子上的热气敲打在窗户上时，我开始煎鱼饼。

除了亚历山大·谢尔兰广场上加油站的灯光，外面的天色根本不可能看到任何东西。我认出了汽车上的欧宝标志，现在刚好是五点十五分，和往常一样，它停在屋外。五点的时候父亲总是会去乌勒沃尔学校接母亲下班。

我听见他们打开大门的声音，心里想好了接下来怎么面对他们。母亲还没有把绿色外套挂在衣帽架上，便直接打开厨房的门，对我问道：

"医生那儿去了吗？"

"我晚饭做好了。"

"好棒，那医生说了什么？"

"没什么。"

她摸了摸我的头发。

"他对你友好吗？"

"嗯，非常好。"

母亲和父亲坐在厨房的餐桌边。我把晚餐放在桌上，坐在他们俩中间开始吃了起来。他们也狼吞虎咽地吃了起来，有时还会开玩笑，脸上也笑呵呵的，就这样他们俩聊了几分钟。

我的目光在他们之间来回移动。我的耳朵自动屏蔽他们说话的声音，一字一句就像是水族馆里冒着的泡泡。我抬眼看着母亲，她卷卷的金色头发、挺拔而略显锋利的鼻子、一双黛绿的眼睛，还有脸上的雀斑。

"你几乎没吃几口啊。"母亲突然对我说。

"不都这样吗，烧菜的人吃的最少呀？"父亲一边咕哝，一边把刘海从我的眼睛上拨弄开。

我点了点头。

"你们回来前我吃过几片面包。"我回答。

"那就正常了，"父亲用深褐色的眼睛注视着我，对我说道，"不能在两顿正餐之间吃东西的。吃完晚饭，你是要开始写作业了吗?"

母亲望着他，她双手交叠搁在下巴上，纤长的手指上涂着深红色的指甲油。

我把晚餐囫囵吞枣般地咽了下去，时不时抬起头扫一眼。我猜他们是想过一会儿二人世界，我有些碍事了。这对我来说没什么。

"我能离开餐桌了吗?"我问，"我有点作业要写。"

或许那个夜晚是我第一次发现，原来我的父亲母亲是如此相爱。对于这件事，我难以掩抑心中的诧异。父亲过去是一直夸母亲漂亮。但男人不都称赞自己的爱侣有多美吗?或许这不是什么值得一提的事，但父亲能坚持四十年，那这就是一件了不起的事。我也曾经坠入过爱河，那是发生在一年半前的夏天，我爱的她比我年长四岁。

我走到客厅里的书架前，眼睛扫在书脊上。我拿出两本书，一本是讲极地历史的书，我把它放在矮矮的咖啡桌上，然后从字典丛书里抽出书脊写着J的那本，迅速翻到"肌肉"这个单词。字典里写的内容很少，而且也很大众。朗格医生说过，我得的是罕见病。他坐在椅子上翻阅的书一定是医学用书。我听见母亲说话的声音，然后把那卷字典放回书架。随后我坐到父亲的扶手椅上，开始阅览极地史的书。书里大部分的章节都在描述弗里乔夫·南森和罗尔德·阿蒙森。有关安德里亚的文字只有寥寥数行。我合上书，放在桌上。当我从字典里找到新的一卷时，我发现我难以睁开自己的眼睛。我把书搁在大腿上，慢慢打开。

醒来的时候我发现书掉在地毯上。母亲正对着我的脸站在客厅里，她拽着我的手臂把我拖起来。

"他死了，奥托，快过来！快来！"她大声吼道。

父亲风一般地从厨房里冲出来。母亲把手掌压在脸颊上。

"涂丽德，哎呀，他刚才只是睡着了。"

"怎么了？"我的口气有些不安。

"对不起，我的好孩子，我担心过头了，对不起。"

母亲把字典捡起来，放在我的大腿上。父亲搓着母亲的脸颊，然后走回厨房里，继续在那儿洗刷盘子。母亲抓起我的右手，放在她的手心里。她手指上的指甲油涂得很均匀，指甲盖外一点也没沾到。她深吸一口气，接着紧闭起眼睛。我从来没注意过，母亲棕褐色的眼睫毛有那么长。过了一小会儿，她睁开眼睛看着我，脸上的表情有些抽筋。

"我为刚才反应过激道歉。"母亲一边说，一边在我身旁的扶手椅坐下。

她整了整身上的鲜红色百褶裙，上身穿着黑色的女士衬衫，纽扣的颜色和裙子一样。嘴唇上的红色唇膏涂得恰到好处，不多不少。她的脸慢慢恢复平静。

随后她揉了揉我的脸颊。

"我想我可不可以回我的房间，继续做我的作业。"我说完话，身体跟着站起来。

"你想不想学溜冰啊？"母亲问我，"你看溜冰名将阿尔德·申克。比起跳雪，你或许在长距溜冰上更有天赋呢？"

"涂丽德，你从来没看过他跳台滑雪，"父亲在厨房里大声说着，"你下次能不能一起来，这样你就能看到他有多优秀了。"

母亲走到门口。

"你知道的，我向来都是反对他干这行的。"

她走回我面前，用力握着我的手。纤细的手指格外有力。

"每次你出门去跳台滑雪，我都担惊受怕得要命，就怕你把自己摔死了。"

"我觉得跳雪很有趣。"我边说，边朝着门口的方向走。

"溜冰也很酷啊，"母亲继续说，"你知道吗，在你出生的前一年，我给自己买了第一双溜冰鞋。"

"饶了我吧。"我紧紧抓着字典，说完我便径直冲向房间，快速关上背后的房门。

我能听见母亲和父亲在厨房里打情骂俏的声音。我倒在枕头上，眼睛看着窗户下的照片。照片上的滑雪员脚踏平行的滑雪板，身体腾空在高空中，双臂向两侧伸开。这张照片是父亲送给我的。我翻开厚厚的书，找到描写瑞典工程师兼探险家萨鲁蒙·奥古斯特·安德烈的那一段。读完瑞典在一八九七年第二次成功登陆北极后，我睡着了。

午夜十二点半，我醒了过来，我打开灯。两点的时候我用手摸索着把灯关了。黑暗中我站在地上，聆听自己的呼吸声。设想一下，如果黑暗擦掉了所有东西，没有人能看见我，会怎么样？我到底该怎么把肌肉的事情和我的教练说呢？

我把衣服团成一团，塞在枕头下面，我这么做只是为了做一个很遥远的梦。门外传来汽车的发动声。我听见一声尖叫。或许这只是别人打嗝的声音？是母亲的声音吗？我从床上跳起来，轻轻地打开门，走道上亮着昏暗的灯光，我偷偷走到他们的卧室门口。里面鸦雀无声。门缝里是暗着的。

3

闹钟和往常一样在六点半的时候响了起来。我从床上爬起来，开始整理书包。这天是星期三，我不需要在第一节课的时候把英语书带在身上。八点钟的时候我会去看牙医。这是我所经历过最讨人厌的事情了。我老蛀牙。厨房里传来母亲和父亲的说话声，他们已经洗漱完毕。我走出房门，来到卫生间，把水槽的塞子塞上，观察着镜子中的自己。我看见一个瘦削的金发男孩，脸颊上有些雀斑，和母亲别无二致。额头上的刘海总是压不下去，不过即便如此，我也从来不会在梳子上沾很多水。后脑勺看上去像是被炸弹炸了的老鹰脖子。至于其他，我希望我的胸膛能再结实一些。过了夏天，班级里好几个男孩子都鼓起来了，而且越来越壮实，从他们的上半身就看得出来。比奥耐和乌拉夫的下巴上长出了一层薄薄的黑色胡须。类似这样的特征在我身上几乎找不到。我的两条腿一如既往的强壮，身材比较苗条。厚厚的头发下有一双蓝色的眼睛，一个挺拔的鼻子和两瓣薄薄的嘴唇。我看着面前这张藏了秘密的脸。

走近镜子后我再次审视自己的脸庞。是我的脸吗？没错，额头上有两颗就快要爆出来的痘痘。一个普普通通的男孩，这就是我。我低头看着自己平凡的身躯。白色宽大的内裤里蜷缩着一只受了惊吓的虾。直到我长成大人才会好转。我突然想起来自己在半夜里醒来的事。直到这会儿我才意识到当时自己听见的声音究竟是什么。一个红色影子在镜子面前滑过。我打开水龙头，低头看着水盆。父亲看来忘记把刮下来的胡须清理干净。剃须泡沫的香气从水里穿透进我的鼻子。我拔出塞子，清洗完水盆，然后洗了把脸，刷完牙，我把放在浴缸上的衣服换好。走进厨房的时候，他们刚吃完早餐，两人坐在桌边握着彼此的手。母亲一看见我，便立刻松开父亲的手，站了起来。

"睡得好吗?"她一边说一边慈祥地转过头看着我。

我用微笑回应了她。父亲拿起放在椅子上的报纸，瞥了我一眼。

"感觉他看起来有点糟，我觉得。"父亲说道。

母亲望着我。

"别这么说，奥托，"她开口说道，"因为今天要去牙医那儿看病，所以有些烦恼吧。你以前去看牙医的时候难道不也这样吗?"

说完她抚摩了下我的头发。

"记得要托住后脑勺，"她继续说，"你准会忘记。""我一定记住。"我回答道。

我开始给自己的三明治抹黄油。父亲翻着报纸的体育版，抿了一口咖啡。母亲把文件还有改好的作业本装进一直带去工作的棕色大皮包里。她是二年级班的老师，要带一帮八岁的淘气女生。父亲会和往常一样，开车送母亲上班，随后再开去辛森，九点准时打开钟表店的大门，母亲站在绿色的大衣外套面前，公文包放在地上。她的双眼盯着大衣的布料不停琢磨，双臂呈下垂状。过了一会儿，母亲抬起右手，像是在等待某种惊喜的到来。突然她用手掌拍了拍大衣。我从桌边站起来。接着她又快速拍了一下大衣，仅仅一下。随后把大衣扔在墙边。父亲背对着母亲坐在椅子上。

"妈妈，怎么了？"我大声嚷道。

父亲扔下报纸，从椅子上弹跳起来，三个快步走到母亲边上，在他靠近之前，母亲又拍了一下。

"哎，那个。"这是我唯一听到的几个单词，接下去父亲就对着母亲咬耳朵。

他们背对着我，然而母亲并没有继续拍打大衣。大衣继续在衣帽架上来回摇摆。他们转过身看着我。我低垂着目光，继续抹黄油。

"那你去客厅继续准备，好不好，涂丽德？"父亲的嗓音非常平静。她一言不发地按照父亲的指示关上门。父亲重新坐下，拿起报纸开始翻阅，嘴里又抿了几口咖啡。他并没有看我。难道他不准备说什么吗？

父亲自孩提时起主要有两个爱好：高台跳雪和钟表。即使他从未跳过雪，毕竟卑尔根的雪地条件有限制，但是他对侯门科伦的跳雪十分着迷，不仅收看电视，还会阅读有关它的新闻。每次他聊起跳雪时，我发现他棕色的瞳孔会不停收缩、放大。他陪着我，也目睹了我的每一次跳雪。

父亲可以盯着手表看很长时间，听很长时间。他最喜欢的一块表是瑞士依年华的机芯，每逢节日和重要场合他都会佩戴这块手表，这是一块不靠电池能自己走动的机械手表。当看到新款手表时，他绝不是那种兴奋地狂拍大腿、嘴里时时爆发出尖叫声的人，如果有哪位顾客将他心爱的手表损坏，他也不会绝望地冲对方吼叫。一旦父亲发现有人关注他的工作，他会立马进入角色。对待钟表，当有旁人在场时，他会制造一种特定的距离感，他将这称为"专业"。

"看这儿。"父亲一边大叫，一边指着运动版的首页。

他的声音相当沮丧。

"这里白纸黑字写着，东德的跳雪运动员也接受洗礼。瞧瞧，不正是我平时一直说的那样吗？想想看，这对比约恩·维尔科拉来说多不公平。"

他把报纸扔在桌上。我的牛奶瓶倒了下来，瓶身在桌上翻滚，牛奶流到了地板上。

"你说得对。"父亲一边说，一边折起报纸，走进客厅。过了几分钟，母亲披着一件外套走进厨房。她看上去很温柔，我用微笑回应她。

"发生了什么事，妈妈？"我问。

"别去想这些。"父亲站在门廊说。

我看着母亲。

"告诉你哦，现在我班上所有的女孩都会读长文章了，有几个还读得特别好，"她回答了我，"我很期待和她们见面。"

她把脸转向父亲。

"我好了，你可以去换外衣了，奥托。"

"设想一下，我的儿子，有一天你或许会成为和维尔科拉一样优秀的跳雪运动员。"

他拍了拍我的肩，随后匆忙地冲出门厅。

"哎呀，我忘拿客厅桌子上的显微镜和工具箱了。我手上有块昨天没修完的手表。"

母亲从抽屉里取了一个食品袋，把它放在我面前的桌上。

她亲了亲我的脸颊，然后祝我度过愉快的一天。父亲的头突然从门缝里钻出来。

"祝你看牙顺利。"说完，他便披上外套出门了。

不管我牙刷得多么勤快，即便早晚不忘，嘴巴里依然还是会长蛀牙。母亲和父亲的意思是，如果我用了氟化物，未来不知道究竟会出现什么副作用。令我感到丧气的是，为什么我的牙签一点作用也没。

昨天夜里雪积了几英寸厚。每辆车经过的时候，轻飘飘的雪都会被吹起来，然后再缓缓落到地面，等待下一次被击飞。

我的目光跟随着在弗雷登伯格大街上疾驰的车辆，心想后天的斯蒂格达尔山一定再适合滑雪不过了。如果我把朗格医生说的话大声嚷嚷给父母听，他们一定不允许我去跳雪了。我看了看表，不得不快速沿着乌尔兰大街走才能准时赶到校医务室。我拼尽全力，想让腿走快点。左、右、左、右。出发之前，我什么也没有想。但现在我开始把注意力集中在快走这件事上。我竟然没法加快步伐。于是我打算小跑。可我却跑不起来。即便我努力把脚抬得比平时高，身体做出跑步的姿势，也无济于事。

我有种从朗格医生那儿回家后一样的感觉，好像整个人缓不过来。

不，我可以。我可以呼吸。我的脚能动。左右、左右、踢踏、东西、东西、摩擦。我不能喘，头脑要保持清醒。左脚、右脚、左脚、右脚。我的头脑应该还没犯糊涂。上下两排牙齿对着彼此嘎吱嘎吱地摩擦。上嘴唇和下嘴唇合在一起，形成一条线。肋骨应该是包在肺部和心脏外。总而言之，所有器官各司其职。我眨了眨眼睛，脚尖指向正确的方向。我已经迟到五分钟了。手表紧紧地绑在手腕上。目前而言全身骨架都完好无损。马路中央窜出一条狗，不过没人对它吼。街上的红绿灯依旧在交替闪烁。脚下是冰是雪，我还分辨得清。继续，左脚、右脚、左脚、右脚。

我到的时候，学校的牙医已经来了。助手扶着我快速坐到椅子上，她给我戴上围兜，打开我的嘴巴，然后让牙医过来。牙医是我唯一认识的一位校医，我叫她斯特罗姆太太，她会给我补牙齿。我感觉到整个头朝着颈托的地方挤压，一开始她嘴里喃喃自语着什么，然后她大声说：

"你迟到了十分钟。下次别再发生这种事了。晚上睡觉的时候牙疼吗？"

"疼，早晨也疼。"我用力挤出这句话。

"你是不是喝酒？"

我摇摇头。但斯特罗姆太太似乎并不相信，她把脸转向助手，叹了口气，然后在我蛀牙的地方用东西往外抽吸。

"三个小时后回来，"她对我说，"一共有五个洞，我的天呐。"

助手把一张时间卡递给我。我将脖子上的围兜拿下来，然后用舌头舔了下牙齿，找找蛀牙的地方都在哪儿。我发现口腔右侧底部有个地方不太对劲，难道是已经把一个填充物弄掉了吗？怎么会这样呢？以前我肯定格外注意。我走到门廊，套上夹克。

　　走路的时候，我刚好碰见别班的妮娜。她一看见我，便快速套上她的红色毛衣。她小声告诉我，老师同意她去教室外面喝点水。黑色眉毛下的微笑让她看起来明亮动人，可不是吗？妮娜有一双棕色的眼睛。说完她便匆匆忙忙地回教室去了。当她的脚步声在耳边渐弱后，我站在原地思考一个问题，我熟悉的眼睛颜色是不是有点少。当我转身时，我看见她的脑袋慢慢消失在楼梯上。

　　第一个小时熬过去了。老师正在黑板上演练一道数学题。

　　"好了，都快下课了你才来。"老师对着我说。

　　全班同学都在咯咯乱笑。我走到自己的座位上，靠窗的最后一个位置，紧挨着伊万后面。他转过头来，小声对我问道：

　　"你出啥事了？整张脸红得像猴子。"

　　我低下头。坐下来的时候能感觉到整张脸像火烧。是看见妮娜的缘故吗？

　　整个学校只有我和伊万跳雪。大多数人会选择滑冰或是打冰球。我抬起头看着黑板。绿色的黑板上画着几个白色的数字。它们像是不知该往哪里爬的昆虫，在黑板上找吃的，而我则坐在椅子上仔细打量着它们。要是朗格医生已经给母亲父亲写信了怎么办？我一定要尽快回家一趟才行。如果他寄信回去，那我一定要赶在他们到家前把信拦截住。如果这封信送到他们手里，那我的跳雪生涯就结束了。他们一定会想方设法阻止我继续跳雪，这点我可以肯定。母亲呢？她或许会安慰我说，如果我不出门跳雪，她就不用再为我感到担心了吧。过不了多久，她就会开始为我的未来担忧。

我们从卑尔根搬家到奥斯陆的时候我刚年满四岁。外婆早几年就搬到首都去了。佩尔说他从未想过自己会带卑尔根出身的跳雪运动员训练。头几年他们给我起了个绰号，叫做小卑尔根，尽管我竭尽全力不让自己说话带口音。

当时间走到两点十分，最后一个小时也过去以后，我匆忙奔回家。白云朝北方游去。我开始想我的外婆了。我最喜欢的成年人就属我的外婆。我八岁的时候，外婆病重。一天晚上，我和父亲母亲一起去医院探望她。外婆抓着我的手，问坐在床边的父亲母亲，他们是否还有要孩子的打算。父亲母亲摇了摇头。

"那依我看，你们得让他养条狗。"外婆说。

"狗?"母亲的反应十分吃惊。

"他需要狗狗的陪伴。"外婆坚定地说。

我不明白她那时的意思。接着父亲就岔开了话题。不过外婆并没有理会他。

"靠近点。"她朝我低声耳语。

我弯腰向前靠。

"当我走了以后……"

"不要这么说。"母亲大声说了一句。

"我知道我现在在说什么，"外婆继续低声地对着我说，"你一定要记得，苏族印第安人相信死了的人会上天。"

外婆去世后的几年里，我常常会用她的话安慰自己。我抬头看天空的次数很多。但现在的我长大了。

两点半的时候，邮递员常常会到进门处开邮箱。设想一下，如果母亲比往常早下班呢？汗流浃背的我大口喘着气，把自己锁在大楼进门处。

我把身上的雪掸了掸，小心地打开家里的信箱。信件还在。上楼的时候，我扫了一眼信的内容。或许一切都只是一场毫无意义的误会？医生也是会失误的，严重的失误。为什么这一次不可能是朗格医生搞错了呢？他曾经说过，他会和其他专家聊一聊的。假如检测结果证明我身体很健康呢？当我手里拿起信封和信纸时，我脑子里突然出现一个从未有过的念头。如果我的身体越来越虚弱，我的脑袋会有什么后果吗？朗格医生好像提过这件事。我扫了眼三封信。全部都是寄给父亲的。其中有一封是一家瑞典酒店寄来的信。邮票上显示的是瑞典国王的肖像。父亲是要出远门吗？我怎么没听说过这件事。好在幸运的是，邮箱里没有朗格医生的信件。

4

我开始试着做学校的作业。英语书还没翻过。我的眼睛在作业纸上停留了一会儿，上面写着下次坚信礼课上我们要讨论些什么内容。"人死了之后还会有生命吗？"这是讨论的主题。过去的一切会变成什么样呢，我一边思考一边捡起落在屋外厚厚的雪花。

电话铃响了。是特隆德打来的。

"我本来想放学后教你的，但是你总是不太守时。今天晚上别忘记检查一下。"

"不会忘的，"我说，"那到时候见？"

"嗯。"

特隆德赢过好几场学校的象棋比赛，我之前去过他家几次，和他下过棋。如果我运气好的话，有时候能打败他。几周前，特隆德带我去了一家坐落在圣奥拉夫大街上的俱乐部，名叫象棋伙伴团。其中大部分的会员都是退休人员。特隆德对我说，去那儿接受更多训练是非常明智的一条路。

不进行跳雪训练或是跑步训练的时候，我会把这当成是训练生活中的放松。

我把作业放到一边，吃了点前一天剩下的晚饭。食物尝起来没什么特别的味道。我在门廊的抽屉上留了一张纸条，上面写着我忘记说今天要去象棋俱乐部了，所以回家可能会晚一些。不用和母亲父亲一起坐在晚饭桌旁，我感到解脱。

四点五十五分的时候，我在象棋俱乐部门口碰到了特隆德。我们俩是唯一年龄低于十五岁的棋手。特隆德向其中最年长的一位棋手介绍我。他和那边的会员过过几次招。一位年纪较长的男子问我是否要下棋。我瞥了眼特隆德，他点了点头。

特隆德比我矮一些，但身体比我壮实多了。他头发蓄得很短，发梢冲天。体操和足球都是他所擅长的运动。特隆德其实可以进入一流的足球队里训练，但是他不想去。"我也可以把运动细胞投入在象棋里。"每当我问他为什么不把精力投在运动中时，他就会选择这么回答。

"嗯。"我回答道。

和我弈棋的男人看上去好像中风过。因为他走路的时候有些吃力。脸上长有棕色和红色的斑点。他的灰色夹克有些磨旧了，白衬衫有点皱。但是蓝色领带却熨得很平整，上面绣着俱乐部的徽章：一匹黄黑色的马。他一言不发地在最近的一张桌子旁坐下。棋盘、时钟和棋子都已摆放好。我跟随着他，同样一言不发地坐下。我的对手把眼睛藏在白发之下，一眼都没有看我。我意识到自己还戴着围巾，便走到大厅里，把围巾挂在衣帽架上。等我回来的时候，他已经开始着手摆放棋子了，看起来似乎并没有察觉我离开了桌面。

没走几步他便开始摆出一副居高临下的姿态来。他抬起眼睑问我：

"你能不能去柜台那儿给我买杯咖啡，我要糖和奶。"

我点点头。

"那你给自己买杯可乐。"

"谢谢，但是不用。"我回答道。

"这是命令。"他微微笑着说道，接着往我手里塞了一张十克朗的纸币。

特隆德坐的地方和我隔着几张桌子，我经过他身边时，他轻声对我说：

"他这么大方是因为他自信自己能赢你。我认识他。记得把糖块扔进咖啡里。"

柜台后面站着一位年纪较长的女士。我拿托盘的时候，她正在倒咖啡，随后她端来一听可乐和一个玻璃杯。我把橘红色的纸币留在柜台上。她把钱放进抽屉，然后给了我几个硬币。

"要奶泡吗？"

我点了点头。她在咖啡杯旁放了两块糖。我把糖扔进杯子里，把托盘端到桌面上。

"糖块呢？"他问道。

"我放进去了。"

接着气氛变得十分安静。隔壁桌的棋手们转过头看着我们。

"是这样没错。"我又补了一句。

"你把糖块扔进去了？"

我望了一眼特隆德。他和他的对手同时盯着我们看。特隆德是不是坐在那儿笑我？

"你不知道糖块是不能直接加进咖啡里去的吗？"他说话的嗓门特别响亮。

"我不知道，我以为你想在咖啡里加糖啊。"

"我有说过要在咖啡里加糖吗？"

特隆德仍旧望着我们。

"没有。"

"你看不出我是想要把糖块蘸着咖啡吃吗？"

"对不起。"

其他桌的棋手互相窃窃私语，随后又低下头关注自己的棋局。我的对手最后终于又把兴趣点拉回到了棋局中，但是他嘴里一边还在喃喃自语，可惜我听不太懂。轮到我走了。我决定把棋局调整为荷兰式防御，打算靠防御计策赌一把。没过多久他就下错了几步。看来我就要扭转棋局了。整个过程他始终没有碰咖啡杯。可我却把可乐喝得一滴不剩。当我终于要把"将军"二字说出口时，他突然站起来离开桌子，连老朋友同他道别祝安也没理睬。我就这么呆呆地坐在原位。我不想就这样和他在衣帽架那儿来个不期而遇。过了十分钟，我才开始慢慢挪动身子。这时候我的对手突然又站回到我的面前。

"你有看见我的打火机吗？"

我摇了摇头，脚开始朝着衣帽架移动。

他跟着我。

"你好像看上去腿脚有些不利索，小伙子。"

"我应该没有吧。"我回答得不甘示弱。

难道我走起路来那么明显吗？

特隆德已经穿戴整齐，在走廊里等着我了。他咧开嘴对我笑，一边用手指放在嘴唇上，做了一个"嘘"的手势。

"出去的时候再聊。"他对我低声耳语道。

我们坐电梯到一楼，随后走到圣奥拉夫大街上。

特隆德抓住我的手臂，冲我浅笑。

"你赢了吗？"

"赢了。但是你耍我，叫我把糖块扔进咖啡里。"我回答道。

"你难道没有明白吗？当你把糖块扔进他的咖啡以后，他就完全集中不了精神了。祝贺你。"特隆德的语气热情洋溢，他大笑起来，"你没有干任何犯法的事情。最好的象棋选手不只要身体健康，还要具备丰富的经验，更要精通怎么打心理战。比如美国的鲍比·费舍尔。他过去抱怨棋盘不好，棋子不顺手，一切他都抱怨，为的就是惹恼对手。他是世界上最出色的象棋选手。"特隆德一边说，一边用手肘往我这儿推了几下。

在回家的路上，我思考自己是否应该把业余时间投入在国际象棋上。或许我有推倒选于的本事？特隆德曾经说过我在这方面可以发挥得很好，长远来看，未来我们能进一支优秀的校象棋队。不，这么做的话我事情就太多了，毕竟我还是想继续我的跳雪事业。

我回到家的时候母亲坐在书桌前改作业。父亲正在用显微镜仔细看钟表零部件。除了周末，平时他总是会把一些维修的工作带回家来。在客厅的半张餐桌上，铺了一张毯子，上面摆放着几块男士手表和女士手表、一个放大镜、两个小钳子和一把螺丝刀。我快速说了一句"晚安"，随后便走进房间躺下。刚关上灯，母亲便过来敲门。"能拥抱你一下祝你好梦吗？"

我按下头顶上的吊灯开关。

"可以。"

她走到床前，弯腰抱住我。她的脖子上绕着一条项链，那是她外婆传给她的，因为一直戴在脖子上，她自己从来都看不见。链子的底部挂着一头斯里兰卡的银色小象。打我记事起，我就一直很喜欢观察首饰。

她注意到我正盯着那头小象看。

"瞧，等到以后你继承了这条项链，我希望你能把它送给你未来的妻子。"

母亲在我的脸颊上轻轻地啄了一口。

"晚安。我爱你宝贝。"

她身上的味道真香。我猜是桃子味的香水。

"晚安。"我回答道。

"谢谢。"母亲说完便关了灯。

我闭上眼睛，感觉自己好幸运，我有一双疼我爱我的父母。尽管父亲不如母亲表现得那么明显，但毫无疑问他对我的爱也是一样的。或许他比较害羞？漆黑的屋子里，当最后一条光束也躲藏起来，我开始思考爱究竟意味着什么。

闹钟一响我便醒了过来，钟盘显示现在是九点十分。礼拜四我和母亲都是从第三节课开始有课。门外静悄悄的。父亲或许已经出门了，母亲正坐在卧室的书桌前，为下一节课备课。我蹑手蹑脚地钻到厨房里。突然听见卧室里传来父亲的声音，我站在门边静静听着。

"你现在好些了吗?"我听见父亲这么说道。

"嗯，"母亲的嗓音很柔和，"现在一切都回归正轨了。"

我切开面包，在上面涂好酱。

"祝你今天有个好心情。"我听见父亲在关上大门前冲里面大声说道。

我把牛奶倒进玻璃杯，然后才突然想起来，再过一天我就要去参加跳雪练习了。当我吃早饭的时候，突然听见从母亲卧室里传来低沉的声音。屋子里一片寂静。她镇定自若地坐在桌前，操练着一会儿要演示给同学们的课程内容。我悄悄地走到门边。母亲卧室的房门半掩着。她一个人坐在桌前，朝着窗外望去，雪轻轻地落在地上，夜晚给地平线上留下一条红色的边线。她身旁摆放着一大摞练习册。她在看什么呢? 屋外没有人。一辆没有把手的自行车靠在屋外的树旁。她朝着窗户自言自语。我敲了敲门，但她却并没有回过头来看我，仍旧一个人说话。安静了几秒后，仿佛她这才听到了声音，随后她又继续念叨下去。

"妈妈，怎么了?"我问道。

她没有回答我。

"妈妈，你在看什么?"

她缓缓地把头转向我，随后露出美丽的笑容，这一刹那我发现，我一直都好喜欢妈妈的笑容。随后她又把脸转回窗户前，大声地念着我听不明白的东西。

"妈妈！"我大喊道。

她猛地站起身来走到我面前。

"在。"母亲说道。

"是我，你不认识我了吗？你在和谁聊天啊？"

"先去把早饭吃了，让我把这些忙完。"她一边说话一边朝桌旁零乱的书本点了点头。

"你还好吗，妈妈？"

"当然啦，怎么了，我的乖儿子，你想说什么呀？"

她轻抚着我的脸颊，我抬起眼睛，仔细端详着她。她的目光是那么真挚。

"那你刚才没发现我在和你说话吗？"

刚说完这话，我立马就后悔了。这么问，或许会让她感到尴尬的。

"我现在没明白你这话是什么意思。"

我审视着她那双绿色的眼睛。她说的话我不明白。于是我不假思索地说出了下面的话：

"妈妈，我前面站在这儿看着你，你在对着窗外说话。我完全听不懂。我冲你大喊，你也没听见。"

她的目光掠过我的身体。难道她还没明白我刚才站在这里的事情吗？接着她把目光盯在我身上。

"看来我是没法很快改完这些本子了。我挑别的时间再改。现在我们得赶紧出发去学校了。"

我看了看时钟，回答说再过半小时走就行了。但我仍旧回到自己的房间，开始整理书包。当我们在玄关处的衣帽架那儿碰头时，彼此什么话也没说。我先走出了大门。她锁好门，跟在我身后走下楼梯。

"祝你有美好的一天。"说完她便走到街上去了。

我尝试给她一个拥抱。但她却小心翼翼地把我推开了。

"走吧，我的好朋友。"她说。

我点了点头，朝着穆勒大街小学的方向走去。母亲走在通往亚历山大·谢尔兰广场公交车站的路上。当她从我的视野中消失时，我改变路线，朝着圣汉斯豪根的方向前进。往公园最高处走，要经过冰雪覆盖的路面，这不是一件容易事。几年前母亲告诉我，那儿有家餐馆，里面用笼子关着两头熊。我开始发抖，于是停下脚步，把夹克的拉链拉到喉咙口。父亲问母亲的那句"一切都好吗"，究竟是什么意思呢？她出什么事了吗？

我看了看手表，时间还很充裕。我想一个人静静，避开人群。图书馆是藏身的最佳寓所。可这儿没有图书馆。我决定去出租车站后的书店那坐坐。这比在街上闲逛或是回家要好。那儿有暖气，我可以站在书架间，找本百科全书翻一翻，这或许是我目前最好的选择。

书店里没有别的顾客。收银台后站着一个年纪较长的男子，他冲我点头微笑。我以前从来没看见过这个人。过去和母亲一起逛书店的时候，站在那儿的是一个白发苍苍的老太太。母亲和我说过她是这儿的店长。她人特别善良，有次我们来这儿，她送给我一本《鲁滨孙漂流记》作为礼物。

"你在找什么书吗?"

"那个经常在这儿工作的老太太今天不在吗?"

"你指的是艾尔萨吗?"

"我想不起来她叫什么名字。"

"她是我的妻子。很不幸的是她已经去世了。所以现在由我来接管书店。"

"很抱歉。"

"你不需要向我道歉。这个……"他陷入沉思中。

"这是自然现象。你认识她?"

"不。但是我和妈妈之前来这儿的时候,她对我们很好。"我回答的时候,眼睛瞥到书店外站着的一个女人。

"你来这儿是为了和我的妻子聊聊天吗?"

他说话的时候眼睛眦着门外的那名女子看。

"你们这儿有百科全书吗?"

"那儿有一本少年版的百科全书。"

"我想要一本成人版的。"

他指了指一整排蓝皮封面的大开本书籍。我开始翻阅第一卷百科全书,脑子里想着母亲的事情。我第一眼注意到的便是"安德森·亚尔玛,滑冰选手"。

母亲看到一定会喜欢的。我迅速往后翻,直到我看见一张热气球的照片才停下来,照片下面写着"萨鲁蒙·奥古斯特·安德烈,工程师兼探险家"，接下来的文字我在家读过好多遍。有关亚历山大大帝的故事我却知之甚少。我认真地阅读着书上的每一个标点符号。关于这位帝王的文章理应写得再长一些的。我没法把注意力集中在文章上。试想一下，如果母亲站在学生面前，却听不见学生们说的话，只能呆呆地注视前方怎么办？又或者她站在讲台上，背对着女生们的眼睛，高声地朝着教室的窗户外说了些别人听不懂的话？

我喜欢读百科全书，从小到大一贯如此。钟表会将一天的时间切分成秒、分、时。百科全书就好比用书本的形式切分时间，通过字母顺序进行排列。每次看表，我都会有些心烦意乱，这点和父亲有着天壤之别。但百科全书却恰恰相反，我喜欢尽情徜徉在字里行间的时间中。我把这本厚厚的书放回架子上，然后找到S开头的那一本面前，S开头的一共有两本书。我翻到"生病"这个词条。其实我全然不知自己究竟要搜寻什么，我把书重重合上，又放了回去。我的目光开始搜寻J开头的那一卷。

"你是想用现金买下整套书，还是想来个分期付款呢？"

我吓了一大跳，迅速转过身。他细细长长的脸上露出浅浅的微笑，眼睛注视着我受了惊吓的脸庞。

"我是否能将你的沉默理解成你现在是在犹豫是否要买下这套书呢？"

我看了眼手表。再过三分钟就要打上课铃了。

"谢谢。"说完我便慌张地走出店门。

我朝着老阿克教堂的方向走，经过春弗莱瑟墓地。这座教堂也是我最喜欢的奥斯陆教堂。

坚信礼课的第一节课，牧师和我们讲述过，那座教堂下面有银矿，自维京时期起就存在了。

学校的花园里空空荡荡的。八分钟前响过上课铃了。我穿过鲜绿色墙面的走廊，那里空无一人，在走去教室的路上，我在思考妮娜是否会走出来喝水。可惜没有。走廊上只有我自己的脚步声在回响。

5

第一节课是艾瑞克·安科-延森的历史课。

我们会把他简称为"龙",即便他并不只是历史课老师,还是我们的班主任。有我的互动,安科-延森对这节课上得略显满意。但第一个向我介绍萨鲁蒙·奥古斯特·安德烈的就是他。我打开教室大门的时候他装作没看见我。从我上他的第一节课起,我就特别厌烦他晦涩难懂的讲解方式。他受不了一丁点的反对和质疑。安科-延森开始讲述一九四〇年四月九日的事件。我之前没预习过课文,所以课上我想方设法逃避他的目光。万一他向我发问,我该怎么回答?他的眼睛藏在棕色的眼镜背后,细得像是枪眼。他开始讲述一九四〇年席卷伦敦的闪电战,以及温斯顿·丘吉尔领导的反抗斗争。

"丘吉尔喜欢雪茄和白兰地。但是他睡得很少,常常哭泣。"安科-延森的嗓音激情澎湃。

安科-延森脸色苍白,人长得很高大,头发几乎秃光了。那天他穿了一条灰色的九分裤,配了一双稍稍短了一些的格子短袜,当中露出一截老男人的细脚踝。他站在我的桌旁,我低头看看。

"请抬头。"他说。

前一天的时候我在爷爷家看见，那位教生物的年轻女老师，在和安科-延森一起做完视察后，坚定地把手搭在他的肩膀上。我是不是要当着全班的面把这件事讲出来？这样他估计就不会再让我交作业了。

"有什么事情可以阻止第二次世界大战的爆发吗？"

我朝后看了看，心里巴望着这个问题不是对着我提的。

"别看了，我问的是你。"

"设想一下，如果希特勒在一九三八年的时候，喉咙里卡了一块肉，只要一块就行，然后他吞不下去，"我继续说，"不管外面有多少炮火轰鸣，他都会窒息而死。"

"非常有想象力的回答，"安科-延森的声音很响，"稍显成人，但很不幸的是，希特勒是个素食主义者。"这节课他再也没有向我看过一眼。

最后一节课是体育课。安科-延森是代课老师。当我仔细审视完他的梨形身材后，我想他自己上学的时候估计就没怎么上过体育课。他瞪着我们，命令我们绕着体育馆跑圈。接着他让我们把放在角落里的山羊搬过来。这东西我们有好几年没用过了，所以我们请求换成踢足球。可是安科-延森却摇了摇头，他说我们必须排好队。我被唤去拖地毯。第一个跳的人是伊万，他轻轻一跃便跨了过去。接下去就轮到我了。我尽自己全力向前跑，两只脚平行地踩在了跳板上，我跳起来的时候，两个手掌撑在山羊上，然后朝两侧伸展大腿。我的小腿碰到了山羊，重重地落在了山羊上。这情况过去从未在我身上发生过。我听见背后有人在偷偷笑。我并没有转过头去。安科-延森急忙冲过来，把我抬下来。

"再试一次，你可以的。我们班的跳雪运动员不是你吗?"他在鼓励我。

我退回到起跑线后，感觉好多双眼睛正在好奇地盯着我。

"好了，小伙子，这次一定是最棒的。"安科-延森大声喊道。

第二次我更加专注，还是全力冲刺。我四肢发力，山羊靠我越来越近。但我感觉到右脚似乎没有一丝力气，即使我用力蹦上踏板，但一点也没有悬浮的迹象，整个臀部重重地捶在山羊上。山羊驮着我倒了下来。好几个男孩子在那儿摇头。

"看起来就像是春天里的公牛和母牛。"伊万一边说一边放声大笑。

其他人都没有这么做。伊万的脸颊有些泛红。

屁股上立刻起了乌青。我一瘸一拐地走到更衣室，没有看任何人。

"你换好衣服后，我在教室外面和你简单聊一聊，"安科-延森对我说，"还疼吗?"

"没那么疼了。"我咽了口口水回答道。

铃响了之后，我跛着脚走出更衣室，往十班的方向走去。

安科-延森站在门外等我。他一看见我便摘下眼镜，擦了擦。直到他把眼镜擦了八百遍以后，才看着我。

"你父亲是做钟表生意的，是不是? 我听说他的手艺非常专业。"

我点点头。

"钟表有两重功能，"他继续往下说，"首先，时间本身就是一个谜，是无法被人类理解的一种现象，没有节制无限蔓延，超乎人类的历史。第二，钟表是我们人类创造的，我们用秒、分、时来划分时间，这点我想作为钟表匠的儿子，你应该明白吧？"

我再次点点头，完全没明白他究竟想表达些什么。

"我们如此迫切地想用切割时间来规划排列我们的生活，去给我们没有知觉的生活赋予秩序感，正如时间对我们的帮助那般，这难道不奇怪吗？"他问道，"你有看过萨尔瓦多·达利的那幅时钟融化后流逝的画吗？"

"你想让我做什么？我保证我会迅速回家的。"我对他撒了个谎。

他的脸上浮现出一种不确定的神色。

"我只是好奇你是不是出现什么问题了。你在体育课前还挺活力充沛的，对吧？就连我也能跳过那个山羊。"他说。

他跟着我走到电梯口。当他正要帮我打开电梯门时，我抓住把手，赶在他前面拉开门。

"你最近是不是迟到过？"安科-延森问我，"如果你遇到什么烦心事，别害怕，找我聊聊。"

我没有回应这句话。

"伊壁鸠鲁说过，不懂疼痛与不安的人才是幸福的，在我看来，现在你好像两项都有在承受。"

"我的事不用你管。"我说完便走了出去。他没有跟出来。

妮娜和同年级的几个人站在学校花园的边上。我无法想象那个叫比约恩的男生，绰号波塔的那个，也站在她周围。他曾说过自己为格鲁尼冰球俱乐部效力。真是难以置信。他的样子看上去十分弱小，肯定没法在银色男孩组合里担任高音。妮娜瞥到了我，她同我招了招手。我犹犹豫豫地向她挥手，脸有些发烫。幸好我离她很远，她应该看不见。接着我匆匆忙忙赶回家，从上楼梯的大门外找到了钥匙。我刚要锁门的时候，被一只棕黄色斑点猫给吓了一跳，它竟然利索地和我一起进了门厅。它一定是趁垃圾车倾倒垃圾的时候偷偷溜进来的。在我锁上门后，猫咪待在原地一动不动。它把一只脚向前伸展，闭着眼睛。

突然，小猫睁开一只眼，用炙热的目光注视着我，它的眼神自信无畏，仿佛自己就是上帝一般。要是我也能像它那样就好了，一秒就足够了。

如果母亲今天早放学回家，发现了那封信，后果可不堪设想。如果她看到了朗格医生的信会怎么做？如果父亲比我早到家，那一切都没有什么大问题。我一脚跳到信箱面前。谢天谢地，里面的信都还没取出来。当我翻到信箱最底下，那封信映入眼帘。信封背面盖了章，上面写着朗格医生的姓名和地址。信封正面写着母亲和父亲的名字。楼梯间里鸦雀无声。我匆匆把信折起来，塞在裤子的后口袋里。家里的大门锁着，看来母亲还没到家。

我把书包扔在房间里，把信件包裹放在桌上，然后打开那封信。我毫不犹豫地撕开信封。朗格医生在信里确定了之前所担心的情况，并且为此深感抱歉。信的结尾是这样写的：

"依我的浅见，他必须立刻停止跳雪运动。我们必须多加注意，不能让他更进一步受伤。"我继续往下读，"单看活体检视的结果有些模棱两可。但我和全国最好的两位专科医生聊过。很抱歉，他们的答案和我的判断别无二致。"心用力地跳着，我把信撕得粉碎扔进垃圾桶里，那瞬间我感觉有股热流蔓延至全身，快要在肩膀上冲出一道口子。

如果我再也没事可做的话该怎么办？别说什么一切事物都有自己的意义。别告诉我上帝自有安排。也别说我并不孤单这种鬼话。我开始想念妮娜了。但愿我不是爱上她了！别对我说，女孩爱上瘸子会和爱上正常人一样高兴。人只会买奔驰，而不会买一辆有一个坏轮子的三轮车。比起折翼的麻雀，人们更欣赏老鹰。有条件的情况下，人都会买赛艇，而非单桨的小船。别对我说不切实际的话。

如果有哪位女孩说她爱上了我，她肯定是昏了头，必须有个人站出来和她解释一下，爱和同情是两样东西。陪老人和残疾人过马路。给小鸟喂点玉米粒。或是找个好借口把彩票卖了贴补收入。总之忘了我吧。

如果妮娜说她爱上了我，那一定是谎言。我一定会把谎言这两个字的拼音清清楚楚地大声告诉她。只要她能出现在我身边就好，其他的我别无所求。

我打开随身收音机，坐下来听。电台里播放着新闻，声音有些干扰。我起身把音量调低一些，想切换一个电台频道。但膝盖莫名开始发抖，我只能再次坐下。我用左手支撑自己靠在椅背上，左脚稍稍往前伸一些。然后用右手抓住写字台的桌面，把身体往后靠，接着靠双手把自己撑起来。小腿先慢慢形成垂直的姿势，接着是膝盖、大腿、臀部、肚子、胸腔、喉咙和脑袋。我用左手手指转动换频道的按钮，可就是找不到瑞典的三频道。关掉收音机，我重新坐下来，呆呆地望着它，收音机上写着"巡航者"这个词，一共配有四个喇叭。这时外面正好有一架飞机划过天空，但是并没有掉落在我面前。我只好望着它慢慢消失在比约嘉德大街的高空中。那条街上有一栋栋砖房，撑着天空不让它坠落。春天、夏天、秋天、冬天、白色涂料、碧绿青草、枯黄树叶，还有雪晶，在我脑海中翻滚，我可以倒数过去的每一年、每一月、每一天、每小时、每分钟、每秒、甚至每十分之一秒、每百分之一秒、每千分之一秒。将来一定还会有另外一架飞机飞过这里，朝着福恩布的方向飞去。但这个冬天却不会再来。因为这个冬天对我作出了审判。我小心翼翼地把身子往前挪了挪，抓住桌子借力，轻轻让身体抬起来，然后倒在床上。

我闭上眼睛。

我的翅膀有三米的宽幅，羽衣是棕色的，尾巴上刷着白色。我的喙坚韧有力，一路滑翔越过维克颂德冰雪覆盖的山川。在翱翔天际时，我飞到山背，那儿有一位十四岁的男孩，用斯普利凯恩的滑雪板俯冲过绵延的雪山，以一百七十五米的距离降落在地上，创造了一个新的世界纪录。我稍稍抬起右侧的翅膀，朝西边的大海滑去。黑色的海面上激起一阵阵浪花。只有我才能见到海面下的鱼群。我逆着风扑腾起翅膀，平稳地绕过闪闪发光晶莹剔透的山背，然后停下来等待。天空开始飘雪。被捕食的动物们蜂拥到海浪的表面。就在那时，我开始向下坠落，翅膀被我压在身下，我双脚伸开，小子穿透洞穴般的浪潮，白色的浪花四处飞溅。

四点半的时候母亲到家了。我在玄关的桌子上留了一张纸条。上面写着，我打算一直睡到晚饭时间，为训练做好充足准备。

吃晚饭的时候我仔细观察了一下父亲和母亲的脸色，完全没在意吃了什么。就好像看电视一般，屏幕中有一个男人和一个女人的脸，他们坐在餐厅饭桌前和彼此聊天。

"你今天好安静。"母亲开口了。

"他应该是全神贯注在接下来非常重要的训练上。"父亲打断了母亲的疑问。

我点点头，尽力做出微笑的样子。

晚饭过后，母亲问我是否能帮她一起擦盘子，边说边把头靠向父亲的肩上。

"今天轮到爸爸休息了。"她说。

"好吧，但是我们要快一点，"我一边说一边瞥了眼时钟，"佩尔不过一个小时就要来了。"

母亲戴上靠在水槽边上的黄色橡胶手套。父亲则躺在客厅的沙发上休息。我刚开始擦第一个玻璃杯的时候就听到他打呼的声音了。

"哎呀，十四年前你还是个什么忙都帮不上的小不点，只能完全依靠我。"母亲说话的时候，目光向下注视着刷盘的水。

我认真地审视了一圈玻璃杯，确保它彻底擦干了。

"你一直毫无保留地爱着妈妈，"她继续说，"你觉得我现在说的话怪不怪呀？"

"一点不怪啊。"我回答。

我不确定自己的声音听上去是否坚定。她脸上浮现出一丝奇怪的神情，和那天她在卧室里自言自语无视我的场景一样。我的背脊突然僵直了。

"一开始的时候，我觉得，有一个小孩能像我爱他一样全心全意地爱着我，让我非常震撼。但渐渐地我开始感到害怕。"

"害怕？"

"因为当你意识到我并不是你所想的那样，你会感到很失望。"她一边说，一边递给我一个滴着水的盘子。

"那是哪样？"说完我便开始擦盘子。

"你想知道吗？"母亲继续说。

"我只是不能完全理解你的意思。"

"你现在已经大了，懂事了，你小的时候完全依赖我，是不是？"

她用戴着黄色手套的食指戳了戳我的肩膀。

我的目光在盘子和母亲身上来回游走。她把红色洗碗刷扔进水池里，双手环胸，盯着我看。"嗯，那就说点什么吧！"

"你现在应该听出来，'爱'这个单词有多么的无助了吧，"母亲接着之前的话继续说，"你不爱你的妈妈了对不对？"

我望着盘子，开始新一轮的擦拭工作。

"什么都别说了，出去！"

她挥挥手示意我出去。

"但我现在还没擦完盘子呢。"

"你不是说你时间很紧张吗？"

母亲转过头去，然后低头凝视着水池。

"我没那么急。"我压低嗓音回答道。

她没有回复我。我远远看着她。她的眼睛正盯着右手的手套，洗碗刷则漂在一边。她用左手手指挑着手套上的某样东西，可惜我辨认不出。

随后她用两根手指夹住那东西慢慢往上抬，仔细地观察。我站在原地静止不动，太阳穴像被捶了一下，隐隐发痛。接着她重复这个动作。可是我发现她手指之间并没有任何东西。我把手搭在母亲的肩膀上，却被她甩开。

这时我听见身后的门慢慢打开，是父亲。母亲并没有回头。父亲先是看了眼母亲，随后把目光转向我。

"去换衣服吧，我会照顾好妈妈的。"父亲一边说一边挥手让我出去。

当我与他四目相对时，他却垂下眼睑。我一言不发地走了出去。

6

我刚换上松紧裤，把脚套进跳雪靴的时候，厨房的窗户上传来敲击的声音。我想起来要把护目镜塞进滑雪衫的口袋里。滑雪板上好了油，放在玄关处。我把雪板夹在腋下，调整了一下身姿，把它们带出了房门。

"祝你有愉快的一天。"我对着屋里大吼了一声，接着听见父亲在我身后嘀咕了一句"祝你好运"。

厨房的窗户又响了第二次。我尽快走下楼梯，一把将楼道的门推开，冲到比约嘉德大街，大声喊道"我准备好了"。我瞄了一眼手表。佩尔比往常早到了几分钟。他来接我进城真是好贴心。除了伊万，其他男孩都住在斯蒂格达尔巴肯附近。今天我是佩尔接的第一个人。车一停下，我就把滑雪板固定在车顶的行李架上。他坐进车里，启动引擎。

"你现在状态好点了吗？"佩尔问我，"去过护士小姐那边了吗？"

"嗯，"我回答道，"现在好了。"

当我们经过圣汉斯豪根的时候他说道：

"你知道这儿附近有个叫伊福斯洛克的地方吗？全市最重要的跳雪比赛原来就是在那里举行的。后来搬到胡瑟比巴肯那儿，之后又迁到侯门科伦。"

我耸了耸肩，从未听过伊福斯洛克这个名字。

"今天你好像不太健谈？"

"嗯，大概是吧。"

直到我们接上其他男孩，期间我仍旧一言不发。比赛将定于周日举行。佩尔开车带我们过去。我坐在他身边的座位，其他男孩坐在后座，他们开始聊起第二天要交的作业。当我确定后座的男孩都忙着和彼此交谈之后，我小心翼翼地向佩尔靠近。我想要说的每一个字都清楚地印刻在心里。车子摇晃的时候，我突然贴到佩尔身旁，他迅速回看了我。

"你们有按照我说的去练习吗，男孩们？"

佩尔望了一眼仪表盘上的后视镜。大家都在点头。

"很好，那么我们看看今晚你们的表现。"

地上有个小土丘，车子往右侧滑了一下。佩尔将视线转向正前方，往左打了一手方向盘，重新将车掌控在手中。

我们这些男孩都没有女朋友。我们的爱人就是跳雪。难道还有比一边朝着用脚手架搭起来，并发着嘎吱声的台阶上走，一边在穿着滑雪衫的肩膀上感受沉沉的滑雪板更美妙的事情吗？在最轻柔的微风飘过时，整个框架都会跟着晃。尽管坡道上和坡道周围有足够的雪，我还是能闻到涂着沥青的木头味，杉树混合起来的气味，这就是我记忆里想到冬天时的气味。我的滑雪板背面有灰色的塑料涂层，上面覆着一层闪闪发光的油漆。橡胶绑带和红色的后脚跟扣让我不会在跳下坡道后太靠后。最棒的感觉就是站在最高点，再做一次深呼吸，看着下面的滑道，然后思考如果我用优雅的屈膝旋转姿势跳下坡道，站定之后会发生什么。整个春天、夏天、秋天，我有多少次从石头或是椅子上跳下来，一边听着温切尔·米勒的《啊长官，啊长官》，一边梦想着降落在斯蒂格达尔巴肯的雪道上。

从此刻起，我必须停止做在侯门科伦和维克颂德跳雪的美梦，它们是全世界最优质的滑雪道。现在重要的是，我将会再一次站在跳雪道的最高处，俯瞰着那些熟悉的杉树，确认滑雪板的绑带系紧，然后抬起左脚和右脚，这才是我现在应该高兴的。在我只有唯一一次机会抬起双脚前，我一次、两次、三次去确认我所知道的所有细节。然后我戴上护目镜，透过护目镜看出去，不论天气和光线条件如何，我都会注意眼镜上是否有一丝一毫的污点，清除完毕才能起跑上路。我摘下护目镜，用滑雪衫下套着的毛衣袖子上干燥的一处擦了擦眼镜。等到护目镜看上去没有什么斑点了，我才放手。

终于，我把滑雪板踩在了赛道上，呼吸开始变得急促。我迈出最后两步走到初始线的边上，蹲下身体，准备好带着我重重的雪板起飞。我喜欢脚后跟卡在雪板卡扣里的感觉，喜欢脚趾上的那股压力，喜欢脚趾头蠢蠢欲动的感觉！没有比在从滑雪转为跳雪的过程中，感受加速和肚子一阵痉挛更爽的感觉了，我在起跳线的边缘开始喘气，眼前的两根杉树枝是给我的信号，它们在警示着我，这儿我必须得做出动作来了，就如同佩尔和我们模拟训练的时候一样。我扭身的时候，感觉到大脑向脚踝、小腿、膝盖、大腿和臀部传输着信号：夹紧双臂，尽量往后甩！然后，当我发力的时候，我将两块雪板靠近彼此，双臂放在两侧，接着所有的跳雪运动员都开始兴奋了，我翱翔起来了。我像是太空探险家一般翱翔，那一刻我仿佛是一只老鹰，感受失重和反抗重力的奇妙感觉。在体会尽全力地在高空中狂野飞腾后，我慢慢向下，悬摆在地面上。悬摆是跳雪的独有标志，观众们为我鼓掌欢呼，接着主持人宣布我刚才跳的距离。

"你有什么想说的吗？"佩尔一边问，一边将变速挡从二调至三。

"没有。"我迅速回复他，眼睛往后瞥了一眼，想确定其他男孩是否听见了他提的问题。

"有做过一小段梦什么的吗？"

"嗯，这我有过。"我说话的时候尽力将嘴角向两边上扬。

"你能在赛前赛后都保持微笑，这点难能可贵。没有多少人能在你这个年纪做到这一点。"

"谢谢。"我回道。

过了几分钟，我们都没有开口。唯一能听见的声音是把我们驶向大山坡的引擎声。突然，伊万弯下身子，把头戳在前座中间。他把头发凌乱蓬松的头转向佩尔问道：

"多年前你得过挪威青年跳雪冠军，这事是真的吗？"

我没法看到向上翘起的红发下那双绿油油的眼睛，但是我注意到他在听见问题后立马紧张地擦了擦羊毛帽。

佩尔点了点头。

"你们的滑雪板下面有贴银色飞侠的标志吗？"

这句话虽然是脱口而出的，但却让人觉得很可爱，他似乎对答案胸有成竹。

"有。"大家异口同声地回答了他。

我望着佩尔，迎面而来的车灯照亮了他的脸。我看见他的金色胡须，靠近下巴的地方最宽，太阳穴周围的胡子最窄。我从眼角瞥到他露出浅浅的一个微笑。这就是佩尔：他不会对自己获奖的往事进行任何吹嘘修饰，不会说他在那次挪威青年跳雪大赛上究竟跳了多远，也不会向我们夸耀自己当时和记者说了什么话，或是其他人有多么嫉妒他。佩尔把他的沃尔沃放在停车场后，关于他在维克颂德坡道跳了一百三十八米的距离，以及在德国-奥地利跳雪联赛上获得第四名成绩的事情，他只字未提，就好像那首歌《就是那样》一般。"歌曲里写着，"斯维勒说，"我们站在黑暗中撒尿。"我们下车后，佩尔让我们走过停车场，向上走一小段路，他会在控制灯光开关旁的衣帽间和我们汇合，就在跳下来冲击地面的区域的最低点。车外面真冷。他把车的大灯开着，好让我们看见门的锁眼。经过几秒钟的摸索，他找到了滑雪衫里的钥匙，快速地打开了衣帽间的门。

在博格斯塔德河的另一侧，也就是弗松这儿，我能瞄到几束光线。索克达尔路上鲜有车辆经过，或许实在太黑我看不见罢了。我把帽子摆正。

"伊万，"佩尔大声喊道，"你能帮我去车座下面找一下我的打火机吗，开关冻住了。"

伊万找到了打火机，朝着佩尔一路奔跑，然后回来给我们讲了一个笑话，其他人都咧开嘴笑。我没有仔细听。我满脑子还想着自己站在那个房间，听着别人对我说我没法继续跳雪的事，而且这件事我根本说不出口。

"你们能不能快速把滑雪板从行李架上卸下来，小伙子们？""一旦照明灯打开，你就快速把车钥匙拔出来，然后回来找我，伊万，听明白了吗？"

"嗯。"伊万应道。

斯维勒迅速把四副斯普利凯恩的滑雪板取下来，我们的滑雪板美得无可挑剔。

去年十月，我用自己赚的钱买了第一副斯普利凯恩的滑雪板。前一年我每个周末都去做养花工，除此之外还参加了派送报纸的工作。从夏季到秋季，我脑子里只有一个念头，那就是要在林德科伦滑雪道养护好之后，马上准备好一副崭新的滑雪板，迎接冬季的第一次降落。

尽管我们只是几个年轻的小男孩儿，但我们并非没有雄心壮志。我们的计划早就了然于胸。首先我们要在每年夏天对着地面奋力训练，直到我们变成资深的跳雪运动员，看护员会站在侯门科伦小山的高地边缘吹起小喇叭，提醒我们，我们可是在全球最盛大的跳雪赛事中俯身冲下山坡。所有的跳雪运动员都梦想参加那里的比赛。那是全世界最了不起的跳雪高山。真正的跳雪运动员不会受到雾气或是阵风的困扰，只会感受到山脚上的浮力以及环绕山体一圈后立刻爆发的欢呼声。等我们年纪到了，我们就会去那里比赛。在那时，我们已经取得了一些小成绩。斯维勒冬季的时候获得了大师杯赛第三名的有力名次。伊万在霍夫兰比赛中取得了第二十名，而我是第四十八名。而从距离上来看我则是跳得最远的一个。在课后的训练时间里，虽然摔倒了，但是我跳了七十米。我成功地跳了下去，要不然的话吕恩的教练员会说我们年纪太小，不可以在这儿跳雪，好像我们和他自己训练出来的年轻跳雪小孩一样弱。我们可是看见了，他们颤颤巍巍地飘过山坡，在五十米标记不到的地方降落下来。是伊万帮他们测的数据。每次伊万大声喊出他们跳雪的距离后，他们的教练总是要摇摇头。站在山上的那名男子认为自己比伊万测得准。最后，我实在恼火得不行，一路朝他跑去，尽可能保持镇定地对他说：

"伊万懂怎么测距离。他的爸爸是一名巡回法官。"这下他才安静下来。

佩尔骂人的声音特别响。很明显，他好像拧不开灯光的开关。透过层层烟雾，我瞥见他一直在点打火机。

"很快就能看得清了。"佩尔大叫道。

我把滑雪板扛在右边的肩膀上，在斯维勒后面隔着几步的距离，欧拉紧紧跟在我身后，朝佩尔的方向走去。我和欧拉一路上寡言少语。为了在雪地里前进，我们把脚抬得很高。欧拉的架子比较纤弱，只发育了一点点，但是身体还算强壮。我们中没有人能在敏捷度上和欧拉媲美。这次是他参加的第二个赛季。今天晚上他将要完成斯蒂格达尔山的第一次跳雪。看他脸色苍白，有些魂不守舍的样子。在车灯的朦胧光线下，起初我能看到他一脸茫然的样子。他紧闭着嘴唇，长长的睫毛下睁着大大的眼睛。欧拉穿着一身滑雪服，定定地站在地上。在坐车前往训练场的路上，他咳嗽了两次，并询问佩尔这个山坡危不危险。佩尔转过头，关怀备至地对他说，这里是挪威，也可能是全世界最棒的四十米滑雪山，从起跳线跳出去后，人不会飞得特别高，悬浮的时候会紧紧贴着降落的地区。如果是我们其他人问这种问题，我们一定会摇头晃脑，至少会嘲笑对方。欧拉是个看着让人喜欢的孩子，他比我们要小两岁，身体十分轻盈，看上去就好像有种不但能跳得远，而且还能姿态优雅地驾驭雪板的特殊禀赋，似乎这个技能并不是他自己要求而是上帝强加于他似的。更贴切的形容便是，他有着必须善用这项天赋的宿命。佩尔对我们并没有特别偏爱谁，但所有人都察觉得到，他对欧拉有份独特的敬意。我们绝对不会反驳佩尔的看法，欧拉确实是我们中最具天赋的一位。

伊万小声地对我说：

"欧拉像一头印度的奶牛。"

"奶牛？"我也轻轻地回应他。

"就是很害怕，一副蒙在鼓里的样子。"

我开始发抖，设想一下，如果电源完全冻住了该怎么办。不，我必须告诉佩尔朗格医生对我说的话。挪威最优秀男子跳雪教练一定会倾听我的烦恼，安慰我受伤的心灵。佩尔挺直身体，开始搓起手来。他直直地盯着我看，我张开嘴。这群男孩也一定会支持我的想法的。可我还是开不了口。眼前只有快速消散化为乌有的霜冻和烟雾。

佩尔走到我跟前。

"你前面说话了吗？"

"没有。"

"我分明看见你张嘴了。"

"我只是在打呵欠。"

佩尔疑惑地注视着我。

"令人失望的是我们今晚可能没法训练了。这里是你去年最喜欢的一个坡了,"他说,"你是在这儿真正学会在坡上浮起身子,做出滑翔动作的。"

"是啊,去年的表现还不赖。"

"不用那么谦虚,你跳得棒呆了。"

佩尔拍了拍我的肩膀,对我微微一笑,随后走回灯光里。我的牙齿在打架,如果电源坏了,佩尔没法开灯该怎么办。或许我可以回家,躺在床上,用被子盖住脸,睡在羽绒被里,屋外有青苔、石头和白雪,什么都不用想。如果我们中有人跳雪的时候死了,或是身体某个地方痉挛了怎么办?我是否应该尖叫,然后跌入雪堆里?那样我就什么都不必说了。我只需要指着自己的肚子或是胸口,佩尔就会以最快的速度将我送到医生面前。可我究竟想怎么做?是回家还是做最后一次跳雪?

我在原地站了一小会儿,思考这个问题。接着滑雪板从肩上滑下,我整个人跌落在雪地里。我没有发出任何尖叫声。大雪穿过我的喉咙,钻进身体里。佩尔急速向我冲来。我迅速站起身来,扫了扫身上的雪,他跑到我面前。

"你还好吗?"

"过会儿或许会好点。"我回答道。

佩尔走回到光线下。没过几秒钟他又开始骂骂咧咧。他吐出的每个单词都在我心里触发一种奇异的喜悦感。每一次安静的时候,黑暗仿佛要扼住我的喉咙。

"欧拉，今天晚上可能不会有什么训练了，"斯维勒开玩笑地说，
"你不会介意吧？"

"每次去新的坡跳雪我都有点恐惧。但是图拉夫·安刚也是如此。
爸爸告诉我说，就连他去到陌生的山坡也会呕吐。我可不会这样。"我从
来没听见欧拉一次会说那么多话。就在那时我听见咔哒一声，震撼的跳
雪滑道在一片黑漆漆的森林中突然在我们面前点亮。我抬起眼睛凝视着
降落区的上半部分，鬼斧神工，仿佛是冒险森林里一座木制城堡，而我
们即将在它陡峭的屋顶上出发。

几个月前，安科-延森和我们的挪威语老师让我们看一档有关科学
探险家萨鲁蒙·奥古斯特·安德烈的电视节目。看完我们需要写一篇有
关他最后一次探险的文章。吸引我眼球的并非是电视上有关这位瑞典人
的黑白画面，或是他忧伤的胡须和锐利的目光，而是幕后解说员在叙述
安德烈于一八九七年七月十一日作出那项艰难抉择时铿锵的嗓音。那一
天，安德烈决定和他的瑞典队友尼尔斯·斯特林堡以及克努特·弗兰克
尔，乘坐"老鹰号"热气球，从斯瓦尔巴德的维格港口升起，抵达北极。
在做完短暂的祈祷仪式，并念出"把我的问候送去古老的瑞典！"后，
他大步流星地登上了热气球。接着画面切到七十六年后，这艘"老鹰号"
的剪辑片段。此外，还可以从节目里看到当时他们坐的篮子的照片。安
德烈一定在内心深处意识到了，这个气球根本是无法操控的吧？我一边
喝着牛奶，吃着晚饭，一边思考着这个问题。这次探险成功的可能性比
零还要低，但是他仍旧踏上了旅程。在他们刚一升空后，立马就掉落了
三分之二的拖绳。解说员告诉我们，从那之后，这艘热气球就完全脱离

了掌控。

　　设想一下从斯瓦尔巴德上空朝着北极一路翱翔，这背后蕴含的死亡气息，完全无法控制，也不知道那儿究竟有多冷，更是对如何降落在陆地上一无所知，太可怕了。我不安地转过头，看着父亲和母亲，他们只是点了点头，视线却从未从一大叠作业本和一只坏了的布谷鸟钟上抬起过。气球一开始朝着北极方向往北航行，根据这三位上了气球的探险家冰冻的手指所指的方向来看，之后他们调整方向朝东南飞去。三天之后他们因为撞击降落了，距离他们起航的地点四十八英里远。过了三十三年，人们才搞清楚当时究竟发生了什么事，在科学研究人员发现真相后，各种日记、照片和笔记才浮出水面。斯特林堡显然是由其他二人埋葬的。其他二人的尸体则被挪威科考队在他们搭建的帐篷周围寻获。

　　但究竟是什么原因促使安德烈将气球升空的呢？这是我这篇作文要探讨的主题。我的寓意很清楚。安德烈并非是瑞典人所想的那种英雄，他只是一个将弗兰克尔、斯特林堡和自己性命做赌注的赌徒罢了。为了让文章更具特色，在讨论完他这个行为背后蕴含的理念后，我在文末加了一个问题："为什么？"

7

　　我缓缓走上脚手架的最高点。台阶被冰片覆盖，走起来很滑。肩上的滑雪板比往常感觉轻一些。头盔的系带对着脖子不停刮擦。登顶之后有些轻微的逆风。我听见远处的某个地方有牛叫的声音。我按部就班地完成起跳前的一系列准备工作。我双手扶着两侧的杆子，不停地把滑雪板放在横杠上来回滑动。站在脚手架的最高点，我可以俯瞰博格斯塔德园子后面的小镇，低下头可以看见佩尔，他站在跳雪道旁。

　　他已经挥了两下自己的红围巾了。

　　"你不跳吗？这里都准备就绪了！"他大声吼道。

　　细微的逆风能帮我在跳下山坡后获得额外的浮力，让我跳得远。其他人站在平地上静静等待。我闻到了脚手架顶端扶手上的沥青味。或许我可以在这里打破我的个人记录？远处传来福瑟姆杂货店锯木头的噪音。我的第一副滑雪板是我叔叔传给我的，每回想到那副雪板我都会不禁露出微笑来。他在奥斯陆港口仓库的木工作坊里把雪板尖上的"sukkerbiten"字样给刨了。我身上的松紧裤和母亲的年纪一样大。拿到滑雪板的那天，也是我八岁的那年，我搭乘有轨电车，去弗洛格塞特的施罗德巴肯山，用那副过时的雪板滑雪。但我的问题在于不敢起跳。尽管有一些年纪大点的男孩站在我背后，让我有种不得不跳的紧迫感。当时我还是脱下了滑雪板，从脚手架上走了下去，当着所有人的面。现在，如果我扛着这副沉沉的雪板走下台阶，把所有事实真相和盘托出，佩尔一定会严肃地处理这个问题。

"这儿全好了！"佩尔又重复了一遍。

看形势风向是不可能转好了。如果我没能坚持悬停到最后一秒的话，我永远不会原谅自己。把雪板放在轨道上后，我出发了。轨道上结了冰，但速度相当完美。当我离开起跳线的时候，我的身体比以往前倾得厉害一些。我将双臂紧贴躯干，身体漂浮得比往常更高一些。身体和雪板沿着坡道的坡度，在山坡上翱翔。我还不打算降落，调整姿势这一动作尚未启动。耳边传来佩尔在我身后激动万分的欢呼声，我的四周和内心却都是一片苍茫。当我恢复意识后，脸上堆满了雪。一股剧烈的疼痛感，如万箭穿心般从腰部下方的双腿迅速遍及全身。

"他把腿摔折了。"欧拉大声说道。

"跳了多远？"我一边说话，一边寻找佩尔的身影。

我把右手的手套撕扯下来，然后摸了摸靴子里的腿。袜子已经被撕破了。回忆里我的手指像是摸到某种关节一般的东西，随后我又昏厥了过去。

醒来的时候我躺在佩尔的臂弯里。他把我抱到了车里。

"你右腿的靴子在降落的时候摔断了，"佩尔说道，"我要帮你修一下。不花你一分钱。"

"谢谢。"我一边说，一边伸手去摸脚踝，忍不住发出了尖叫声。

伊万将场地上的灯关了。欧拉负责把所有滑雪板固定在车顶上。大概是佩尔将我放了前座。疼痛在脚踝和头部之间来回摆动。我唯一的愿望就是此刻能昏睡过去。佩尔全速冲刺，尽快把我送到斯杜大街的急诊室去。他抱着我径直冲向X光室，看门人跑过来说我们必须要排队等候才行。

"别废话！必须先看他。"这是佩尔的命令，

医生对上佩尔具有穿透力的目光后，又看了看我，随后点了点头。

经过确诊，我的左腿只是扭伤，但是右脚踝组织的受伤程度要复杂多了。医生给我打了一剂止痛针后，我进入了梦乡。当我醒来的时候，脚上已经打好了石膏。我的病床搁在病房中间，左右还有几张病床。在脚尖处，我瞥见了佩尔，斯维勒，欧拉和伊万。他们一言不发地看着我。

"嗨。"我开口了。

看样子他们像是点了点头。我在病床旁瞧见伊万、斯维勒，尤其是欧拉，他们仨的脸色特别苍白。走廊里能听见佩尔在和谁说话的声音。在他回来前，大家一句话也没有说。

"我已经打给你父母了。他们很快就会到。"

父亲是单独来的。其他男孩去走廊上给我们父子俩一些独处的时光。伊万是最后一个走出病房的，房门一关上，父亲立刻在我耳边低语：

"还好，佩尔打电话来的时候是我接的。我没和你母亲说你骨折什么的事情。我今晚回去和她说，好让她在你回家前知道这件事。先放心。

不需要给她增加不必要的烦恼，好不好。你知道我的意思了吧？"

我点点头。

我躺着的这个科室坐落在急诊楼的二楼。这里是专门给动过重大手术的病人居住的房间。病房里除了我空无一人。其他两张病床都空着。床是铁架子做的，刷着白色的油漆。床边的围栏从头延伸到脚，一根根像百叶窗的式样。脚的下方可以看见放病历本的篮子，上面用蓝色的圆珠笔干净整齐地写着一些文字。

骨折的第二天，体温有些波动。医生担心我是否在给脚踝绑石膏的过程中受到感染。我可以借助挂在床上的电线，将身后的灯打开。另外一根线是用来呼叫求助的。我从床上坐起来向外张望。掉光树叶的黑色大树干能让我看见一小部分阿克塞瓦河。透过树枝的缝隙，我可以在黑色的河面上依稀瞥见修斯广场上的阳光。河岸上仍旧有积雪。头开始发晕，我重新躺了下去。当我倒向枕头时，其中一棵大树发出巨响的嘎吱声，让我不得不注意它。树干和树枝都没有动，但是细细的嫩枝在那儿肆无忌惮地摆动。"肺动脉、动脉和静脉。"我嘴里默默念着。房门开了，一位穿着白大褂的老妇人走到我的床前。她对我微微一笑，蓝蓝的眼睛上方是白白的雪花，她不停用手掸着睫毛。"我是你的医生，是我要求你在这里住一晚上的。希望你能在回家前退烧。"她一字一句说得清清楚楚明明白白。我喜欢这样的表达方式。但最吸引我注意的，是她的眼睛。非常夺目明媚的一双眼。"给你做脚踝手术的时候有些比较复杂的情况。但一切都会好起来的。这点你可以放心。"她抓起我的右手手腕，轻轻地抬起我的手臂。她的手掌冰凉，但透着一股坚实的力量。

"你不用那么难过。我给你加了更多的退烧药，你很快就会好起来的，待会儿就能看到药效了。"

她露出一丝惊奇的表情，随后开始往白大衣的各个口袋翻找东西。她掏出一个球状的盒子，打开之后给了我两片药丸。

"吃下去吧，"她一边说，一边抓过桌子上的玻璃杯，"一次性吞下去。"

我咽了好几口水之后才把药片吞下去。

"我爸爸在这里，我和他说过，让他和妈妈说我现在情况不错。"我说。

医生对我微微一笑，把手放在我的额头上，随后便关门离去。我关上灯，灯泡闪了下，一瞬间光晕全都熄灭，像是一片融于可乐的药片。

敲门声将我吵醒。

"你要吃晚饭吗？"

我摇了摇头。医护人员再次滑上门。我试着让自己入睡，可却睡不着。我躺在床上思考。我是否应该将身上真正的问题告诉母亲和父亲，把事情一五一十说出来？我必须冷静地和他们解释，这次脚踝骨折只是整个病症的一小部分而已。他们一定会理智地对待这件事。不，根本不可能。我只是在自欺欺人罢了。或许我这么想只是企图安慰自己罢了？因为母亲和父亲是不会安慰我的。这点我很清楚。恰恰相反，如果我将这件事保密，那他们就不会对自己的儿子有爱莫能助的痛苦了，哪怕一点点的安慰他们也是给予不了的，这才是重点。我只是单纯地不敢把这件事说出来。只有我自己强大起来，不暴露出来才行。

我要做一条冰冷的鱼。做一个混蛋，做一条梭鱼。做一个在父母面前撒谎时可以眼神坚定不留痕迹的人。特隆德就做得到。他从父亲那儿偷了一百块，在父母审问他的时候，他推脱得一干二净，直到父母放弃为止，毕竟他们还是宁愿相信自己的儿子。不止如此，他还成功地让父母向他道歉。特隆德到春天就要去市政厅接受坚信礼了。我应该会在教堂里接受坚信礼，最主要是因为父亲母亲坚持这么做。我不能把真相告诉他们。他们听了之后会不舒服的。最好的做法就是什么都不要说。

我的脑子里浮现出曾经读过的"诫条"：不可撒谎；要尊敬你的父亲母亲。他们并不是无坚不摧的人。如果我把一切告诉父母，他们一定会失望透顶，而且会担惊受怕。真相就像一把刀刺入他们的心脏。不，我决不能暴露。如果我只是一条鳄鱼，有着粗糙厚实的绿色皮肤的鳄鱼，飞速发育且从不知疼痛，在张开大嘴前永远在芦苇中一动不动的鳄鱼，就好了。

我关上灯，沉沉地睡了过去。再次醒来前我可能最多睡了一小时。我在床上坐直，头好晕。房间里黑漆漆的，除了门缝处投进来的微弱蓝光外什么都看不见。我做噩梦了吗？梦里我听见了什么声音？我没有做梦。我的头一动不动，身体屏住呼吸，眼睛向蓝光的方向搜寻过去。这或许是一个飞贼。我要怎么逃离这儿呢？我能否在被抓到之前按下门把手解救自己？脚踝的疼痛蔓延开来。如果我的腿没有骨折，如果我能完全无视身体的疼痛，我可以用三步跳的方式逃脱。当然了，那样的话我还是会被抓住。在窗的边缘我依稀辨认出一个人影的轮廓。如果我企图尖叫、开灯或是拉求助线的话，我一定会被他用枕头闷死的。我只能无助地躺在床上，听着一名陌生人的呼吸声。我闭上眼睛，确定自己听到的是身旁另一个人的呼吸。我发烧了。或许这一切都只是我的幻想？不，这个人的存在是毋庸置疑的。我又听到那呼吸声了。如果我被袭击了，我一定会竭尽所能发出大声的尖叫。学校有个女孩因为大声尖叫，躲过了被击倒在地施暴的一劫。母亲说就是这个做法救了她的性命。

我猜想现在应该已经是半夜里了。楼道里应该不会有什么看护人员。或许夜里的看门人被锁在房间里？

门开了，光线歪歪斜斜地洒在地板上。一位我从没见过的护士小姐站在门边。

"怎么了？"她问我，"你为什么坐在床上？我给你带了点退烧药。"

她用手把药递过来。难道这也是我梦里的情节吗？

她伸出手想要打开床头灯。我把身子往后仰，抬起手臂来保护自己。

护士小姐先是看了看我，随后看了眼那个入侵的飞贼。

"哎呀，您到这儿究竟要干什么？"护士问道，"您干吗不去值班室？"

母亲惊恐地看着护士。

"我不想打扰你。我只是想到病房里看看他……"

她低头看着地板，随后抬起眼皮子，注视着我：

"想看看他还活着。"

"那这点您肯定是不用担心的吧？"

"是不用担心，但是我睡下去后，我有一种特别奇怪的直觉，

68

他……"她边说边对我点点头，"他没活下来。"

她的泪水在眼眶里打转，看了我好久，然后才弯下身子，在我脸颊上来回亲了好多下。我扭了扭头。她才退了回去。

"我丈夫睡着了，我不想打扰他，所以我是自己来这儿的，反正住的离这里不远。"

护士把药片和水杯递给我，在我头发上迅速地摩挲几下后，用手指了指枕头。

"服下药之后你很快就会好的，相信我。"

她转过头看着母亲。

"您现在应该放心了吧。"护士小姐一边说话，一边伸开双臂抱住母亲的肩膀。

"那晚安了，我的好孩子。"母亲说完，便消失在门外。

护士小姐弯下腰问我：

"那是你母亲吗？"

"你能帮我关下灯吗？"说完话，我把脸背了过去。

她走后，门再次关上。我把被子盖在脑袋上方，房间里一片漆黑。我能听见自己忽快忽慢的心跳声。血液和骨头让身体变得沉甸甸的。脑袋上的被子，感觉像是密实的地壳。

8

"我担心你的病情有可能恶化。"我一到家，母亲便对我这么说。

"嗯。"我的情绪有些激动。"但是你摔下来……"她的语气有些若有所思。

"也不是说你必须要即时停止跳雪的训练。"

她是听说什么了吗？我小心翼翼地打量着她。

"你为什么半夜去医生办公室那儿呀？"

她盯着我看。

"你有什么想吃的吗？"她问道。

"没有。"我回复完，便一蹾一蹾地踏入房间，倒向床上。

我回家的同一天晚上，佩尔就来家里看望我了。我坐在父亲最豪华的椅子上，椅子被特别安放到了我的房间里，我把打了石膏的腿搁在脚凳上。坐在房间里能听见父亲母亲在客厅接待他的声音。

"我在报纸上见过你的照片。"母亲说。

除了展示自己对跳雪运动的无知，真不知道这话说了有什么用，好尴尬。

父亲母亲都表达了对这位著名跳雪运动员来家里探访的感谢。母亲用咖啡和饼干招待他。父亲聊天的语气比平时友好很多，他说在佩尔退役后，挪威再也没有出过像样的跳雪运动员了，这句夸奖他重复了两遍。之后还提到佩尔在侯门科伦和挪威大师杯赛上的出色表现。这些成绩能让跳雪爱好者倒背如流。

"他身体很快就能好起来的。"我听出父亲热切的语气。

我闭上眼睛，想象着自己身处另外一个城市会是怎样的场景。我真想回到童年。回到嘴里喃喃唱着歌、尽情在喷泉里泼水、对着楼下比约嘉德大街上路过厨房窗户的路人做鬼脸、吃着青草干雪、喜欢小跑冲上楼梯感受心脏跳动的时光。那会儿我还很小。而现在我已经不再是小孩子了，但我是回到曾经的他唯一的线索。

"你确定你不要咖啡吗？"我听见母亲在门外的声音，她的语调完全没有给佩尔拒绝的机会。

我的肚子好疼，突然我觉得自己原来是那么需要母亲的关怀，依赖着母亲，为此我感到十分懊恼。她在我身上付出了一切，她对我的爱，我这辈子都不能还清。有时候我感觉她是故意让我依赖着她。这种感觉有时候挥之不去。就在这时候父亲打开了我的房门。我从未见过他笑得如此灿烂。

"儿子，可不是每天都会有这么愉快的朋友来家里看你。"他边说边朝佩尔点点头，佩尔的表情很是兴奋。母亲站在父亲背后，手里端着一个托盘，上面放着一杯牛奶，一壶咖啡，一只杯子和一小碗饼干。我朝她望了一眼，她发现后，视线朝下躲避着我。佩尔用右手接过盘子，道了声谢之后放在书桌上。他左手拿着一个小包，随后他把小包放在我的书包旁。

"要不让你们单独聊聊？"父亲对着佩尔问道，

"如果可以的话就再好不过了。"佩尔说话的时候，接过了门把手。

"有任何需要不用客气，对我们说就行。"母亲大声对我们说。

佩尔把门关好，背对着我站了一小会儿，确定门外没有人偷听后才转过来。这是我第一次看见他不穿外套的样子。他套着一件红蓝相间的衬衫，下身是一条蓝色的裤子。虽然他已经退役了，但身形依旧保持得不错。他的身高大概和父亲差不多，应该有一米八。

"你是想要在我的石膏上签名吗？"

我对自己敢于开口发问吃惊不已。他坐在蓝色的凳子上。

"当然可以，但是其实我来是有别的原因。"

"你真好，来家里看我。"

"不只是为了看你。"他朝着小包的方向点了点头。

"那是什么？"

"你激动吗？"他说话的时候眼睛里闪过一丝狡黠的光影。

佩尔的手够到包上，把东西抓到大腿上放好。他的两颊有些绯红，金色的鬈发被汗水浸湿。蓝色的眼眸竟有些蓝得透明。他半坐在凳子上，半站起身，随后握住我的手。他的手掌好大，拳头十分有力，握着我的那一刹那，感觉很坚定。

"我只是想带个东西给你。"说完他拉开了小包的拉链。

接着他小心翼翼地掏出里面的东西。

"这难道不是……？"

"先让我说几句。作为训练生，你是大家的榜样，从不放弃，一次次突破自己取得好成绩。"佩尔说道。

然后他把自己在德国-奥地利跳雪联赛周上获得的奖牌递给我。我鞠了一躬，但嘴里却说不出话来。

"谢谢，真的谢谢。"

"带着你的目标前行，你一定会成为我们俱乐部里最棒的跳雪运动员。"

我摇了摇头。

佩尔疑惑地看着我，我用右手的中指抚摸着奖杯，摸上去冰冰凉凉的。

第二天早晨，母亲和父亲还是在往常的时间出门了。母亲帮我完成起床洗漱各项工作，我靠着拐杖，可以单腿蹦到客厅里。咖啡桌上留着四片面包，还有佩尔看望我之后留下的一些小饼干，以及一壶果汁。母亲今天一点就会到家了。她昨天晚上和校长打过电话，在解释完我身体的状况后，她得到批准可以早下班。校长自己以前也是个跳雪运动员，所以他一听就能明白。父亲把《晚报》的晨刊以及安德烈的写作作业都留在了桌子上，放在食物和饮料旁边。

绑着石膏的右腿搭在面前的脚凳上。我看着石膏上佩尔和其他朋友留下的签名。欧拉和伊万把自己的名字写在佩尔的正下方。我把拐杖靠着椅子摆放，好让我用手能直接够到它们。我拿起作文本，快速扫了眼之前写的内容，随后又放回桌上。我用右手顺利够到了《晚报》，翻到体育版后，我发现上面刊登着一篇短文，说是由于雪地条件充沛，挪威跳雪国家队今年将在挪威做准备训练，随后将在圣诞节期间参加德国-奥地利跳雪联赛的第一场比赛。早餐我只吃了两片面包，喝了半杯牛奶，这么差的胃口很少在我身上发生。

脚上的疼痛蔓延至我的头部。我伸出手来想去抓拐杖，经过一小会儿的奋力挣扎，我进到了浴室里。我靠着一根拐杖，成功打开了医药箱。可头痛药却不在箱子里。然而却让我发现了过去从未注意到的两个小盒子，上面写着母亲的名字。那我的头痛药格罗博登去哪儿了呀？我翻遍了整个药箱子，明明前几天我还见到的，我确信当时药一定在那儿。说不定药盒从毛巾后面摔下去过？在毛巾架的最底下，放着驱蚊喷雾、防晒霜和其他夏季用品的篮子里，我找到了格罗博登止痛药。我把自己的情况和药盒背后的说明对比了一下，取出两片药，确信那就是正确的剂量。或许对我的体重来说，吃半片药就已经足够了，但脑袋和腿上的疼痛实在让人难以承受。我吞下药片后，把盒子放回医药箱里。

关上浴室的灯后，我单脚跳回椅子上坐下。头疼让我无法看清。视野渐渐缩得如镭射光一般窄，我只能隐隐约约瞥到餐桌背后的彩色平板图，上面勾画着在艾克贝利山上俯瞰的奥斯陆全景。我闭上眼睛，思考是否和母亲一起做点令人心情愉悦的事情。或许我应该出门走走？药片开始让我昏昏欲睡。突然电话铃声将我吵醒。铃声持续不断，我只好用力握住拐杖，一点一点挪动到门厅。当我走到电话机旁，它居然停了。我只好又瘸又拐地拖着步子回到椅子上。当我走到一半，电话又响了。

"是爸爸。"我听到电话那头传来的声音。

他的声音透露着些许不安。

我的身体有些恶心的反应。

看来他从校长那儿得知了自己儿子已经逃学三个礼拜的事情了。

"怎么了?"

"妈妈回家了吗?"

"还没有，什么事?"

"朗格医生几分钟前打了电话给我，把一切都告诉我了。"

他的语气听上去不再焦虑，取而代之的是严厉。

"朗格医生有没有寄过一封信给我和妈妈?"他问道。

我哑口无言地握着听筒。

"你一定要乖乖回答我，好孩子。"

"嗯，信来过。"

"你打开看了吗?"

"嗯。"

"那封信现在在哪?"

"我把它撕碎扔了。"

"妈妈看到过吗?"

"没有。"

"好的，"我听见他在说完这句话后，深吸了一口气，"答应我一件事，听到吗? 我会和她聊的，就我一个人去。"

"嗯，但是那样的话，她不会让我继续跳雪的。"听见父亲的话之后我脱口而出。

真说出口的时候竟让我感觉有些莫名的怪异。

"那这件事除了朗格医生，你知我知，没有第四个人知道，明白了吗？"

"为什么？"

"下次我找时间和你细说，现在我这儿来客人了，必须要挂电话了。今天我会在老时间下班回家。"

我的脑袋和腿还在正常运转，父亲对我的疾病只字未提，这点让我很宽慰。朗格医生难道没和他说明问题的严重性吗？为什么他知道我虽然不被朗格医生允许，仍旧参加跳雪训练的事情却什么也没说呢？或许是因为病情没有恶化，所以他的心情没那么糟糕吧？想到父亲并没有对我发脾气，顿时有种如释重负的感觉。我眯着眼睛向客厅窗户外的灰色灯光望去。在电话里和父亲交流比平时要轻松一些。当我们之间没有任何眼神接触的时候，他仿佛反而离我更近。

我坐在椅子上打盹，母亲的开门声将我唤醒。

"嗨，怎么样呀？"母亲刚踏进家门便大声地询问我的情况。

"很好。你去学校上班怎么样啊妈妈？"

"你现在脚还疼吗？"

"现在已经缓过去了。我明天打算去上学。"

她的外衣还穿在身上，靴子倒是脱在了玄关那儿。

"你东西都没吃完。文章有看过吗？"

"没看多少。"

"这没关系。"说完，她便弯下身子过来拥抱我，脸颊忽冷忽热的。

这天是圣诞节假期前上学的最后一天。所有人都会拿到一张成绩单，然后祝彼此圣诞快乐。在拐杖的帮助下，我来到了学校，迟到了一刻钟的时间，但是大家都没有说什么。成绩单如期而至，但书写的成绩却没法让人称赞。传完成绩单后，伊万和特隆德走到我身边。

"你什么时候可以恢复跳雪?"伊万问道。

"这个赛季肯定是毁了。"

"这我明白，我是想问你什么时候可以恢复训练迎接下一个赛季?"

"这我也不确定，要听医生的安排。"我说话的时候刻意摆出一副顶级运动员在记者招待会上的那种淡定表情，他们总说受伤也是比赛的一部分。如太阳总是从东边升起一般确定的是，他们也将重新回归最高领奖台。

"那么你可以一周来下一天棋。"特隆德打断了我们的对话。

之后他们似乎也没有必要再多说什么，因为他要赶上去城里的巴士，挑选圣诞礼物。

回家的路上我独自走了一小段路，突然听见背后传来急促的脚步声。

"用了拐杖之后，你的手臂力量一定加强了吧?"

原来是妮娜。看来我是无处遁形了。

她戴着一条深绿色的围巾，棕色的双眸笑意盈盈地望着我，显得非常冷静沉着。我停下脚步转过身。妮娜将乌黑的秀发拨弄到一边。

"有个问题我憋在肚子里有一阵子了。"她气喘吁吁地说道。

忽然她露出严肃的神情来。

"什么问题?"

"上周日我独自一人去西库特滑雪。回家的时候,在距离布兰瓦恩布罗滕不远的地方,我看见一些男孩子在一个小山上跳雪。"

"你究竟想问我什么?"

"我听说你是个跳雪运动员,这是真的吗?"

我点点头作为回应。她喘了口气,随后双眼直直地看着我:

"我那是头一回跳雪,用滑雪板,七米,我跳下来的距离。"

我还是对她想说什么一头雾水。

"你不必露出这么吃惊的表情来,我知道你对这种长度不以为然。你能跳多远呀?"

"七十米,跳下来的话。"

"你可真行。"

"没你想象的那么瘆人。"

这一瞬我似乎看见了她眼里一闪而过的钦佩之情。我喜欢那种目光。

"你说是这么说。"她一边说,一边注视着我,好奇心溢满了整张脸,看来她想要一个诚实的回答。

"那好吧。摸着良心说,我承认跳雪挺危险的,但我认为经过几年训练,在大些的雪山上跳雪,我肯定没问题,这你同意吗?"

"应该是吧。"

我们俩肩并肩走在人行道上,机动车道上的雪都铲干净了,但人行道上还有一些冰碴子，我们得时不时绕开。好几次她走的速度太快了，脸上总是泛着红光，然后明白过来她必须走慢一些才行。当中有一会儿她一直没有说话。

"你应该是个办事特别井井有条的人吧?"她逗我的时候，脸看着特别甜，甜到发腻。

"或许吧。"我一边说，一边斜睨了她一眼。

"如果你在一个没有雪也没有跳雪运动的国家出生长大，你会去干什么呢?"

"我出生在卑尔根。"

"但你试着想象一下没有雪的地方。"

"你随便说一个国家吧。"

"比如赤道附近的南部国家?"

她沉浸在思考中，然后时不时眯着眼扫了我几眼，仿佛有一群赤道附近的南部国家在脑海中打转。

"设想一下你生活在非洲的某个国家，那边没有设施良好的跳雪场所，没有侯门科伦这种地方?"

"你是说苏丹还是肯尼亚?"

"嗯，肯尼亚，那我们就说肯尼亚好了。你住在一个茅草屋里，底下就是泥土，类似一种帐篷的房子里。你有兄弟姐妹吗?"

"没有。"

当我们抵达桑妮街和马里达路交叉的路口时，我原本以为她会朝右走。之前我见过她放学后都是朝那里走。

"你不回家吗?"我问道。

"不,我跟你走一段,"她回答,"那也就是说,你和你父亲母亲住在一起。你的爸爸妈妈没有离婚? 我父母离婚了。我和妈妈一起住。我爸是个酒鬼。"我望着她,说这些话对她而言似乎并没有任何负担。

"没有,我的父母没离婚。"我说。

"那好,你现在和父亲母亲住在高地的一个村庄,家里有个茅草屋。那边气候干旱,有一些树木,动物随处可见,有犀牛、大象、狮子、蛇、秃鹫、鸵鸟、斑马和长颈鹿。金钱豹我说了吗?"

"没有。"

"当然还有金钱豹、鬣狗、豺狼、鳄鱼和豺狼,不,这个我刚才说过了,我还想说的是眼镜蛇。那边没有什么事情可以干,上学的时间也只有几个小时。"

"我想要骑着鸵鸟赛跑,"我说,"我想跳上鸵鸟背,身体紧贴着它长长的脖子。它可能有两米高,体重接近一百五十公斤。你有想过它能跑七十公里每小时吗?"

"我好奇的是为什么它没有翅膀。"妮娜打断我的叙述。

"或许这就是它能跑那么快的原因。"

"你的意思是?"

"或许它能跑这么快就是因为它有种想要腾飞的渴望?"

"你有看过真的鸵鸟吗?"

"在哥本哈根的动物园里看过。"

"那想象我们俩骑着各自的鸵鸟,在内罗毕参加大型鸵鸟赛跑比赛。

那儿和侯门科伦的赛道一样大，"妮娜在描述，"你和我的鸵鸟都在拼尽全力想让自己腾飞，但却始终飞不起来……"

"如果我们骑着它们飞速狂飙穿越沙漠的话，会发生什么呢？"我问道。

"它们会停下来，把自己的头埋在沙子里，然后我们俩就摔到地上去了。"

"你知道它们为什么要把头埋在沙子里吗？"

"因为它们不会唱歌。"

她伸出右手，一片雪花掉落在她的掌心。她将雪花片抬到面前，认真地审视一番。

"你不觉得雪晶这东西的形成很奇怪吗？真想知道它为什么这么漂亮。圣诞快乐。"她猝不及防地说出这番话之后，我才意识到，接下来有好几周的时间我都见不到她了。

"圣诞快乐。"说完话我发现，这句祝福早已被一阵疾风卷走，消失得无影无踪。

9

　　圣诞夜的时候我注意到了一个东西，我原本以为是放在马桶里漂着的一根粗粗的小棍子。我用马桶刷轻轻戳了戳这东西。听到水花飞溅的声音后我发出了一声惨叫，一只棕色的老鼠出现在马桶里，随着冲水消失不见。我走进客厅里，父亲弯着腰坐在母亲身旁，和她一起看着报纸。

　　"厕所里有老鼠，它跳到马桶里去了，然后现在不见了。"

　　母亲立即发出了尖叫。

　　父亲坐直身体，双手放在她的肩上。她把脸转过去，惊恐地注视着他。父亲责备地看着我。我真是后悔刚才的心直口快。他把脸转向母亲。

　　"我和你说过，不要把吃剩下的饭菜倒入厕所。它们就是喜欢我们的食物。"说完，他把脸颊缓缓地贴近她。

　　母亲轻轻地把他推开。

　　"但我觉得现在它们应该不在了吧。外面那么冷。"母亲惴惴不安地说。

　　"它们能躲在下水道里。一只老鼠一年可以诞下一万个子孙后代。

有人的地方就会有老鼠。对，这是不变的真理，亲爱的。它们走了之后是不认路不会返回的吧？涂丽德，我很肯定这样的事情不会再发生在我们家了。在同一个公寓里再发生这样的事情概率为零。"

我和母亲对父亲的这番说辞都不是特别信服。那年的圣诞节，我们全家在打开马桶盖的时候都格外小心翼翼。

和往常一样，这年的圣诞节我们家照旧是三个人一起庆祝。我的祖父母和外祖父母都过世了。我好想有一两个能陪我说话，或是让我节假日去探望的人。伊万的爷爷还在，有次他爷爷陪他一起去跳雪比赛。他还有个热衷和他讲述第二次世界大战故事的奶奶。这位奶奶曾经参加过抵抗运动。聊起祖父母的时候伊万总是满脸的自豪。

圣诞节假期的第四天，在收音机里传来德国-奥地利跳雪联赛周结束的消息后，伊万敲了我家的门。

"你在家真是运气太好了，"他说，"瞧瞧我给你带了什么来过圣诞节！"

他提着斯提嘉的冰球游戏来我家。

"进来，我都没事情做。"

"我是从我爷爷奶奶那儿拿的。很酷吧？"

"还不错。我们要玩吗？"

"当然啦。我们是去你房间还是在客厅玩？"

"我房间吧。我妈在客厅里。"

伊万进门后和母亲问了声好，随后将游戏放在我的书桌上。

我跟在伊万身后一蹦一跳地进了房间，把我的拐杖靠在门边。经过短暂的努力，我坐到了自己的凳子上，将右脚搁在床上。伊万明显和自己的哥哥练习过，当他三比零领先我的时候，妈妈敲门进来了。她站在门边，一言不发地看着我们。伊万将比分拉到四比零，最后变成五比零。

"不知道你生日礼物想不想要一个这样的游戏。"母亲说道。

"我已经想了两年了。"我说话的时候，一直盯着手中紧握的守门员杆。

"你们想要吃点点心或是喝个饮料吗？我煮的热可可还不错。"母亲说道。

"啊，太好了，"伊万回应道，"不过我刚刚吃过早饭。"

"那要不过会儿？"

"好的。"伊万说话的间隙，又进了一个球。

母亲应该意识到伊万和我不喜欢被人打扰吧？她没再说话，起初我以为她在观看我们的比赛，但当我好不容易进球了，她却没有丝毫反应。虽然她的眼睛盯着我的方向看，但我不确定她看的是不是我。我瞟了一眼伊万，脸感觉有点红，随后我把目光转向母亲。伊万并没有察觉到我看他，也许他只是假装没注意罢了。过了一会儿，她向我靠近一步。我发现她凝视我的目光并没有转移。伊万继续玩着冰球，似乎一点都没把注意力放在母亲身上过。

母亲把身子弯向我，在我转身开口前，她在我的头发上亲了三下，揉了揉我的脸颊，随后说：

"我爱你，孩子。"

"你先出去吧，让我们单独玩一会儿。出去啦！"我的嗓门有点大。

母亲的表情像是受到了惊吓，转过身默默地离开了房间。

"放轻松点，我妈也这样，"伊万说，"我早就见怪不怪了。"

我呆呆地低头看着球盘。

"谢谢。"我回复道。

我本想说他是一个真朋友。可在我开口说话前，他突然又恢复了游戏的进程。有一会儿我俩什么话也不说，光顾着玩游戏。

"如果你能参加秋季的赛前集训，大家都会为你感到高兴的。"伊万十比一的时候突然说了这么句话，接着他把冰球从我的球门里捡出来。

"我也是。"回应他的时候我发现窗外开始飘雪了。

这时候有人敲了敲门。

"我们正忙着呢。"我说得很大声，心里笃定门外站着的一定是母亲。

"是我。"

父亲发出声后打开了房门。

"我必须要和你谈一谈。"父亲的语气非常严肃。

当发现门后站着伊万的时候，他用力挤出一个微笑。

"你也在这儿啊，在玩桌上冰球咯。原来是这样。但是抱歉，我必须要和你聊聊，"他说话的时候对着我点了点头，"就一眨眼的功夫。"

父亲对着伊万勉强地做出微笑，关上门后，他小心地朝母亲看了一眼，确定她在厨房里干活后，他轻声地对我说：

"但愿你明天早上十一点没有其他安排。如果有事的话恐怕你要取消了。因为朗格医生要我们过去。"

"明天学校就开学了，我九点一刻要去急诊室那里。不过我会去他那儿的。"我压低着声音回答父亲。

父亲把手指放在嘴唇前示意我要保密。

"那现在回伊万那儿玩去吧。"

拆石膏的那天是我独自一人去的急诊室，因为没赶上公交车，我只能全程靠拐杖走路，足足花了半小时才走到医院。护士小姐因为迟到还对我发了脾气。

但她很快就又流露出温柔的本性来。因为在给我拆石膏的时候，她不小心用剪刀戳到了我，然而我并没有为此鬼哭狼嚎。

"抱歉，"她说，"这把剪刀太钝了。"

"这把剪刀是用来剪鸡肉的吗？"我诧异地问道。她笑了。"别在意，我瞎说的。"

卸掉的石膏下露出苍白的脚踝。小小的肌肉嵌在骨头里，从未见过脉络如此清晰的血管。最显眼的是脚踝骨上的动脉，曲折盘旋，仿佛一条青龙。

"你应该快要重新训练起来，恢复跳雪了吧？我在邮报上看到你在跳雪山上受伤的新闻了。"

她一边说，一边朝我做出鼓励的微笑。

"应该是这样吧。"我注视着她的眼睛，坚定地回答。

"从现在起，你必须停止使用拐杖。看看你能不能在地板上来回走动。"

我点了点头，随后抓起拐杖。

"不要用拐杖。"她一边说，一边把拐杖从我手中抢走。

我像老年人一样，轻手轻脚地在地板上踮着脚尖，嘴里忍不住发出了呻吟声。

我点了点头，还没得到她的命令，我就自觉地在角落里的椅子上坐了下来。我卷起裤子和里面长长的白色秋裤，把裤子卷到膝盖处，随后伸直双腿。其中一条腿莫名地要沉一些。

如果脚下没有滑雪板我该如何翱翔？靠做梦吗？还是用读书来聊以慰藉？这估计行不通吧。脑袋和身体要同时腾飞才行。她开始念叨起一些祝福我的话，但是我并没有认真听。

从急诊室到朗格医生的诊所并不是太远。我到的时候，候诊室里只有我一个人。我把外套挂在衣帽架上。接待室的护士开门后扫了一眼。

"谢谢你能来。只有你一个人吗？"她先开了口。

候诊室的时钟显示现在已经是十一点零四分了。

"我不知道为什么其他人没来。"我回答道。

她端详我的样子和上回一样，眼神显得特别一本正经。母亲和父亲向来都非常守时。护士站了一小会儿，然后走到门边，听听门外有没有人靠近。随后她又走回诊所里。门廊外一片寂静。父亲是真明白朗格医生的意思吗？我不可能成为光耀门楣的跳雪运动员了。突然，诊所门廊外的大门被猛地拉开。父亲赶到了，他有些上气不接下气。墙上的时钟显示着十一点一刻。

"对了，妈妈呢？"我小声问道。

护士给他开了门。父亲把外套挂好。

"我听说会有家长来……但是，你太太不一起来吗？"

"非常遗憾，她正好没空。"

护士耸了耸肩。

朗格医生坐在书桌后，眼镜架在额头上。房间里特地摆了三张椅子。他正低头读着文件。当我和父亲抓着各自的椅背准备入座时，他的眼皮始终向下。父亲清了清喉咙。

"请坐。"

朗格医生忽然抬起头，对着我的方向点了点头。

"最近怎么样，年轻人？"

"还不错。"

"你没有听我的建议是吧？"

"没有。"我故意把声音拖得很长。

"他是在我给你打电话之前还是之后去跳的雪？"朗格医生看着父亲，眼神相当犀利。

"出事之后你给我打的电话。"

"你明不明白自己在做什么？"说这句话的时候，他把目光转向了我。

我没有作答。

"和你父亲通过电话后，我想问，你有没有把我写给你父母的信转交给他们？"

我把目光瞟向父亲，而他正看着朗格医生。

"那好吧，我要和你们汇报一下这种疾病究竟是怎么一回事。我们的肌肉里，始终有细胞不停地死亡，因此也会有新细胞重生。但你的情况是，细胞不会再生。一开始，你会觉得走路越来越吃力。长期来看，你可能连站直都有困难。"

"我不是特别明白，"父亲打断道，"这样会损伤内部器官吗？"

"不，你说的是另外一种病症。他的病只牵涉四肢，比如双臂双腿，或许以后会依赖轮椅。或许只能躺在病床上，下不了地。"

朗格医生将目光转向我。

"如果你想知道得彻底一些，我可以告诉你，你的下半身还不至于瘫痪。"

我低头看着地板，随后又抬头瞥了眼朗格医生。

"如果你继续跳雪，那情况会变得非常糟糕，就和你前不久经历的一样。病情会……"朗格医生又看了一眼父亲。

"变得很坏。"

"那他如果想好起来呢？"父亲问。

朗格医生吸了一口气。

"这样的话。对了，你夫人呢？"

父亲抬头看着墙上挂着的一幅画。那幅画里有匹马，它站在一栋房子前。

"她是老师，走不开。"他说。

"但是你昨天晚上和我说，你们今天一起过来没问题的？"

朗格医生把眼镜推回原位。

"情况有变。他们校长不同意开学第一天就让她请假。"

"这有点可惜了，因为你们二位都要清楚未来可能会发生什么事情，这点很重要。"

父亲望着门，房间里鸦雀无声。我看见朗格医生镜片中反射出的自己。他的目光如炬，径直将我穿透。尽管思绪有点乱，但我还是想做一番解释。

"母亲让我向您问好，她十分愿意来这儿陪我。"我说。

我的回答清澈响亮。父亲随即将目光投向朗格医生。朗格开始继续往下说，期间没有任何人打断他。说到几个我听不懂的陌生单词时，我偷偷瞄了一眼父亲，心里暗自庆幸这番话没有被母亲听到。

当父亲关上沉沉的诊室大门后，他匆忙地朝四周扫了一眼，随后用右手抱住我，将我紧紧地压向他的胸口。让我困惑的是，父亲的力气大到我完全没法挣脱反抗。

"谢谢。"父亲说道。

10

　　圣诞节的第十三天早晨，我听见父亲母亲在厨房里聊天。早饭还没吃，厨房的门关着。我穿着长筒裤袜走在地板上。脚踝似乎已经痊愈。经过门外的时候我听见父亲用非常温柔的嗓音说道：

　　"让我们逃离马西森的宿命。"

　　母亲并没有回应。

　　他说的究竟是什么意思？我在门外候了一会儿，然后敲了敲门。

　　"我能进来吗？"

　　厨房里忽然安静了片刻。

　　"可以。"父亲大声回了一句。

　　我打开门。

　　"当然可以，"父亲接着说，"进自己家的厨房不需要问我。"

　　我本来想问为什么厨房的门关着，过去从不这样。

　　父亲看着坐在厨房餐桌另一头的母亲，她没有说话，只是匆匆看了我一眼，随后继续低头看着盘子，上面放着一片没有涂黄油的面包。

　　"既然你们俩都在这里，我现在想说点事，我觉得，或者说我希望你们把这个想成，"父亲沉默片刻，继续说道，"一桩美好的事情。"

母亲和我同时看向父亲，他的声音异常严肃。我们专注的表情让他忍俊不禁。

母亲仍旧一言不发。父亲看着自己空空的双手，面对眼前的观众，他有些迫不及待想要给我们露两手。这样的画面他很享受。看表情母亲事先并不知情，也不像我那么好奇。

"你们难道猜不出吗？别这么快就放弃了。"父亲兴高采烈地对我们说。

"我一点头绪也没有。"我一边说一边摇摇头。

"公布结果吧。"母亲大声插了一句，她的语调和平时有些不一样。

看来她并不想和我们继续这场游戏。父亲不安地凝望着她，随后急急忙忙地说道：

"亲爱的，我打算从下个礼拜六起给自己放个假。"

"那谁来看店呢？"

母亲震惊地看着父亲。

"我想把店关几天，就这么简单。"

"嗯。"我应了一声。

"我觉得我们全家人应该出去度个假。可以去瑞典，具体点来说，是瑞典韦姆兰省的桑尼。"父亲接着说道。

"那不是塞尔玛·拉格洛夫的住处吗？"母亲问道。

"没错没错，你这么一说还真是。说实话，我想象中的桑尼有最美的景色，和最宜居的旅店。八九年前我去那儿买过手表。"

"你忘记我和妈妈都要去学校吗?"我不假思索地问道。

"这个我也想到了。我已经给校长打过电话了,涂丽德,没问题的。至于你的话,"父亲眯起眼睛看着我,"我会给你写个说明,让他们准假的。就这么说定了!"

"奥托,你是完全疯了吗?"母亲似乎受到了某种惊吓。

"根本不是发疯,我只是认为我们全家人应该去旅店里放松两天。生命短暂,我们应该时不时给自己松口气。"

父亲绕着餐桌走了一圈,然后向母亲伸出手,像是要邀请她跳舞。母亲搭着父亲的手站起来。两人一同摆出舞蹈的姿势,父亲嘴里轻轻哼着:"来吧华尔兹……"

母亲终于露出微笑。她站在原地,久久地看着父亲。

"奥托,亲爱的,我投降了。"

父亲抱起母亲,然后把脸转过来对我说:

"你应该也不会反对给自己放个假吧?"

"不,一点也不反对。"我回答道。

父亲是内心有愧吗?还是单纯地想要讨好母亲呢?这个问题我并不想说出口。

礼拜五那天,我和母亲在放学后直接走到了父亲的店里。我们帮他给最后几位客人发货,这样父亲能有时间将之前答应在关店期间完工的手表修好。五点整的时候,店打烊了。他从外套的口袋里抽出一张厚厚的硬纸卡和一小卷胶带。在我和母亲到达前,父亲在卡片上写了一排字。他说:"只能用胶带把这个贴在玻璃上了。"

我走近一看，原来这张小卡片上写着："家有喜事，从周六起，本店打烊。周一早九点，恢复营业。"我们绕过街角，坐进车里。

"你今天心情不错，"母亲在父亲点火发动车子的时候看着他说，"但有一点我要说，奥托啊，家有喜事一般是指家里有孩子出生。"

"好了，亲爱的老师，你现在可以让自己放松一点。"父亲说完在母亲的脸颊上亲了一口。

然后她转过头看向我：

"你在后座坐得舒服吗？"

"很好，我这儿不用担心。"我回答道。

经过辛森交叉路口后，我们朝东往空斯温格和瑞典边境开。对面很少有车经过，偶尔会看见两只炯炯有神的前灯驶过。父亲母亲交谈的声音特别轻，有时候像是在演哑剧。四处的光影让他们的言语显得有些模糊不清，我倒下头准备睡一会。

汽车行驶在漆黑一片的冬日里，当我醒来的时候，几乎看不见车窗玻璃外一闪而过的车影。在狭小的黑色田地上方，竖立着一棵棵高不见顶的杉树，树木充斥着整片视野。经过奥斯玛卡后，我们来到了瑞典境内。母亲和父亲依旧在轻声闲聊。父亲怎么想起策划这次旅行的呢？这太不像他的作风了。虽然他并不是吝啬之人，但论艰苦朴素他绝对是一等一的。他既没有在彩票中赢过钱，也未继承任何祖业。至于他的钟表店？生意一直不温不火，"不就是修块表，没多余的交道。"父亲总是用这句话描述自己的事业。

如果店里突然涌入一笔巨额收入，他是绝不可能将自己兴奋的心情藏着掖着的。不，肯定有什么原因。还有一件事，到底他们嘴里说的马西森是谁呢？

迷迷糊糊间我又睡了过去。

最后是父亲把我晃醒的。

"我们到了。赶快，我们去吃晚饭。"

旅馆坐落在桑尼的主干道上。屋外大雪纷飞。前台有位特别热情的女士，她站在柜台后面和我们打招呼。她身后的钥匙球上只有一把钥匙了。面前的玻璃柜台上放着一个玫瑰色的小碗，里面装着小甘菊。除此之外还有一只上了白色釉彩的木瓶，里面放了一些零食。她说自己是这家店的女主人，自我介绍的时候她拿下钥匙。父亲原本订了两间房，但旅店那天正好爆满。这位女主人说我们只能全部挤在一间房里，语调很客气但也很坚定。说完抱歉后，她说希望我们能在这里度过一个愉快的夜晚。她还向我们保证说，作为唯一的外国游客，我们能享受"一切合理的折扣优惠"。父亲靠在前台的柜台上，视线在女主人和母亲身上来回游走。他看来是对接下去要做什么毫无头绪。突然他用手掌捶了一下散发光泽的桃花心木柜子。母亲和我惊恐地面面相觑。

"不是，你们知道吗，这种小问题本身就不可预见，我们照样可以享受漆黑的冬夜，过一个盛大的周末。"说完，他用右手臂朝着客人们享用晚餐的餐厅挥舞，桌上闪烁着摇曳的烛光，头顶上的水晶灯的光芒萦绕着餐厅。

母亲和我看着父亲，他和女主人在那边说笑。她帮我们提了两个行李箱，走上二楼。房间并不大，我们以最快的速度换下衣服。我带了一条灰色的裤子和一件白色的衬衫。母亲和父亲穿着和往年一样的圣诞节套装。母亲的服饰是一套非常时髦的红色羊毛西服，父亲则穿着蓝色的西装，里面搭配了一件白色衬衫，看上去帅气逼人，领带的颜色和母亲的套装是一种红色，只有母亲才能买对父亲的领带。我们一起走下嘎吱作响的楼梯，女主人领着我们来到一张三人桌前，桌子的正当中摆着一面挪威国旗。我们精神抖擞地在座位上坐下。

"瑞典人现在也挺会整的。"父亲满意地点评了一句，对我和母亲浅浅一笑。

"谢谢你的夸奖。"女主人就站在父亲的正后方。

开胃菜已经摆在了桌上。清洗干净的小鲱鱼鱼块放在六个排成一排的玻璃小碗里。第一个碗里放着酸奶油，第二个放着芥末酱，第三个碗里盛着浸泡在汁里的腌制鲱鱼。其他三个小碗里的菜我不知道怎么解释。女主人立马发现我难以下咽的表情。我被腌制鲱鱼的臭味惊吓到了。她给我换了一块甘草糖，还给我配了薯条和可乐。主菜是当地的特色菜。女主人在餐桌之间加速奔跑着，从年纪来看她要比我父母大许多。估计差不多有七十岁了，我心里暗暗想着。唯一能给她打下手的是一个矮个子的女士，脸上涂的粉略厚。她的年纪要比女主人更大。两人都是一头苍白鬈发，腿脚却利索得让人叹为观止。她们看着像一对姐妹。我以闪电般的速度解决了饭菜，然后环顾四周。整个餐厅里我数出四十二位客人。其中没有人和我年纪一般大。母亲父亲悠悠地享受最后摆放在面前的各色鲱鱼佳肴，配着啤酒润润口。吃完开胃菜以后，女主人走过来对我们吐露了本店的特色菜肴：从几百码远的湖里打捞上来的梭鱼所制成的鱼饼。

"哇，你们用梭鱼做鱼饼吗？"父亲露出惊讶的神情，他不敢相信有人能用如此有攻击性的鱼类做晚餐。

"前菜很好吃，不知道能否尝到更美味的主菜。"我望着她一大坨蓬松鬈发下热情洋溢的棕色双眼问道。

"那肯定的。"女主人回答道。

"我很期待你们的主菜。"母亲附和了一句。

"我也是。"父亲补充道。

我们的甜点是熔岩巧克力冰淇淋。灯光在四周洒下顽皮的影子，这天晚上，感觉父亲母亲会送我什么东西。母亲握着父亲的手，轻轻地从桌上抬起来，柔情蜜意地抚摸着他的手指，好似对待一只从奥斯陆收养的宠物一般。她亲吻了一下父亲的嘴唇。他害羞的脸上写着幸福二字。周围的人都已经酒足饭饱很久了。我很好奇为什么我们不站起来，去休息室里坐会儿。那儿的桌上摆好了咖啡，后面有一个天然的巨型石制壁炉。女主人站在餐厅中央拍着手，父亲的脸上绽放出灿烂的笑容。厨房里走出来两位年纪较长的男士，一位是小提琴手，另一位则扛着一架手风琴。他们请求客人们携手一起把餐厅的桌椅挪到墙边，好腾地方给大家跳舞。有这等余兴节目，母亲可乐坏了。

"你早就知道会有这么一出。"母亲边说边抓住父亲的手。

"你说是就是咯。"父亲笑得心花怒放。

"我能请你跳第一支舞吗？"

"可以。"说完，父亲便站起了身。

我惊奇地看着父亲。母亲爱跳舞，这我知道，但我更清楚的是，父亲一点儿也不喜欢跳舞。这两位演奏者拉的音乐和摇滚不沾边，全是乡村音乐和瑞典本土的热门歌曲。从第一支舞起，父亲母亲就沉醉在了舞池里。我坐在餐厅的外围观看他们舞蹈。两三个舞步就能看出父亲蹩脚的舞姿，但他仍竭尽自己所能地跳了下去。起初我为他感到一丝尴尬，但过了两支曲子后，即使他的舞步踩不到乐点，就凭他在舞池地板上的坚持，便足以打动我的内心。除了我、两名服务员，还有演奏家之外，所有人都在跳舞。如果母亲或者其他女士邀请我跳舞，即便只是跳着玩玩，我应该找什么理由逃脱呢？

过了半小时，我用手指戳了戳母亲的后背。我看见她脖子上流着汗。

"我要上楼回房间了，听P3电台。"

"你说什么？"

"瑞典电台的流行乐频道。"

"你没有闷闷不乐吧？"母亲一边问我，一边把手臂从父亲怀里抽出来，然后揉了揉我的脸颊。

"完全没有啊，只是这里的音乐完全不合我口味。"我说。

"那我和爸爸在这里消遣一会，我想你应该没问题吧。"

"当然了。"

她往我的额头上亲了一口。我朝爸爸挥了挥手，走向楼梯。走了三个台阶后，我转过头看着父亲母亲。他们努力地跟着其他人的步伐，俩人紧搂着彼此的腰。脸上挂着笑容，嘴里轻轻念着词，接着咧开嘴露出明媚的笑容。我想起了第一次全家的蜜月之旅，大约发生在一年半前。我忘不了电视里播送的画面。当阿姆斯特朗和奥尔德林登陆月球表面，我脑海中想到的居然是留在太空船里的迈克尔·柯林斯。

房间的双人床前摆着一张沙发。我脱下衣服，用被子盖着头倒在上面。我把电台调到瑞典P3频道，当放到二十首热门单曲和一些别的流行乐曲时，P3简直和Lux电台不分伯仲。我在Kinks节目里听到了雷·戴维斯的声音。整个房间沉浸在电台的音波里。

父母亲的开门声将我吵醒。他们没有开灯，只是偷偷溜进了盥洗室里。我假装自己睡着了。他们洗漱的时间并不长，房门滑开的时候，窜出了一瞬间的光线。但是父亲很快把身后的门关上。穿着内裤的俩人踮着脚尖爬上了床，盖上被子，我感觉自己听见了母亲咯咯笑的声音。

第二天早晨我们坐在窗边享用早餐，一边欣赏着美丽的冬日街景。雪一直没停。天空看上去灰蒙蒙的。坐在屋子里可以听见大街上的车辆从四面八方呼啸而过的声音。父亲指着弗瑞肯的方向，那儿的小山上有一座漂亮的教堂。母亲记得她还有东西落在房间里。她刚走出餐厅，父亲立即从桌子另一侧倾过身来。

"早餐吃完以后，我能和妈妈两个人独处一下吗？你一定有自己想要探寻的东西。"我望着他的眼睛，他看上去有些忧心忡忡的。

"你不想去外面走走，或者去弗瑞肯那儿，看看都有些什么人吗？"

我不知道自己该如何作答。

父亲瞄了一眼手表，他有些不太耐烦：

"我们要不说好过两小时在法式蛋糕店门外碰头？"

"店在哪儿？"

我意识到一旦提出这个问题，我就不得不赞同父亲的提议了。

"你从旅店的正门走出去，朝右大概走一百米就可以了。不会走错的。"

父亲望了眼靠在餐具室旁的白色穆拉立钟。

"那我们说好了十二点一刻碰头？"

我点点头。母亲走回餐厅，父亲对她笑脸相迎。

"涂丽德，我们说好了，大家在法式蛋糕店那儿碰头。"

"这么安排你觉得可以吗？"母亲一边发问一边对着我点了点头。

我站起身来，对她回点了一下头。

"真乖。"母亲说道。

我正打算要走，但是突然被一个想法绊住了脚步，我是否应该告诉母亲我真实的情况。母亲纳闷地看着我。我之前对她撒谎说身体没问题。作为妈妈，她不应该有权知道我的一切吗？父亲恐怕不懂病情的严重性。

父亲清了清喉咙。看来我是没法插上嘴了，只能乖乖离开。当我走过前台的时候，他们再次坐下。透过窗户我能望见湖泊，那儿比我想象中要大许多。从地图上可以看见弗瑞肯是由三个互相连接的水域组成。大门旁的温度计显示现在室外是零下十五度。我走上楼，回到房间后，我把所有带来的外套都穿在了身上。幸好这次出门前，我没把手套和帽子落下。

雪地有多处被踩踏过的痕迹，脚印延伸至湖面，那儿有许多人在钓鱼。这些脚印像是在皂土里啃咬洞穴的甲壳虫。在距离我三十至四十码的地方，有个跛脚驼背的男子肩上扛着麻袋经过。他沿着最近的一条道去结冰的湖面那儿。我心想，过几年，说不定我也会和他一样，那或许还是比较幸运的结果了。在原地等了几分钟后，我跟着他的足迹往前走。他走起路来特别费力，仿佛挑了一条最远的路，慢慢走向坟地。没过多久，他就得靠轮椅走路了，我猜想以后他兴许连站立都有困难。我的样子像是跟踪着某种稀有动物，整个人悄无声息的。

我盯着他佝偻的背脊，感觉那就是我未来的真实写照。我的跳雪生涯结束了，到春天的时候我恐怕连自行车也没法骑了吧。过不了多久，我连走路也走不了，按照朗格医生的说法，我连站立都有问题。未来就只能同轮椅和床为伴了。这位驼背的男子在经过一个小雪堆后，突然消失了一会。捕鱼人将鱼洞周围的残雪全都清理完毕。我从雪堆继续向下走，慢慢看见一个个钓鱼的人，冰面上一共有五个捕鱼点。铲完雪的地方看上去像铁盘子，颜色和天空一样灰蒙蒙的，圆圆的捕鱼点像是不知名物体从云层掉落，在地上形成的凹坑。

我蹚着雪走到最近的捕鱼点。虽然地上铺了三个东西给人垫脚，但还是挺吃力的。最先经过的三个捕鱼人穿得特别保暖。他们待在各自的洞穴里钓鱼，手里什么也没有。他们集体朝我瞥了一眼，随后点点头。几分钟里一言不发，也不和对方交流。他们把自己的保温杯和半满的咖啡杯放在手能够到的地方，但杯子闻着不像是咖啡的味道，反倒有点像刺鼻的药味。此外我还发现，他们属于三个不同的捕鱼小队。靠我最近的这支队伍总共捕获了三条鱼。其中两条像是白鱼，另外那条大概是鲈鱼。

"钓鱼的兴奋点是什么？"我问道。

我戴着手套，双手摩擦，顺便活动一下腿脚，好让自己别继续冻下去。

之前我跟踪的那位男子躺在冰面最近的洞穴旁，他的肚子一动不动。看来他还没钓着鱼。我要不要问他绑鱼饵的事情？

"钓鱼的乐趣是什么？"我又重复了一遍刚才的问题。

这回，他终于把头转向我。我原本以为他要回答，可他只是看了我一眼，随后又把头低着，凑到洞穴前。这时候，最远处的钓鱼人朝我挥挥手示意我过去。

他的脑袋上戴着一个羊毛帽。脸上没刮胡子，手冻得青一块紫一块的。

"我不知道。"

另外两个人看了眼他们的伙伴。最先经过的那位男子对着洞穴低头注视了好久，过了几分钟，他突然把目光聚焦在我身上。对我仍旧徘徊在周围的事实，他露出了失望的表情。两条腿冻死了，我准备打道回府，沿着原路返回。隔着一小段距离的地方，有条狗冲着我吠。那位失望的男子，仿佛要坐起身来瞧瞧这噪音的来源。

"那个人不太爱说话，就是腿不太好的那个？"我把声音压低了。

"他是奥地利人。"

"他脚疼得很厉害吗？"

"大概吧。命运从来没有优待过他。"

"他怎么了？"

"他们原来是两兄弟。那个时候，奥地利最热门的男孩名是彼得、保罗，根据耶稣门徒起的名，还有阿道夫也很热门。他是哥哥，名字就是彼得·保罗。"

"那么，那边那位兄弟就叫……"

"没错，你明白了吧，这就是命。钓不钓得上鱼都是命。这个答案每个人都得自己担风险，你明白吗？"

我点点头。

"冬季里的每个周末，我躺这儿看着深不见底的洞时，经常会想起命和运这两样东西。"

他的遣词造句有些断断续续格格愣愣的，因为他总时不时以为自己钓上了鱼。"经常，"他继续说，"我会想起弗雷亚蒸汽船的船长，七十五年前，他在弗瑞肯迷了路。他的儿子和妻子也不知去向。"沉船的残骸至今还躺在水底的某个地方。一个阳光明媚的圣诞节，蒸汽船在弗瑞肯的水面起航，载着好多人和货，估计都超载了。它和老天爷作斗争，和天上的星相作斗争，突然刮起了暴风雨，船沉了。船上百来号人，最后只有七个人获救。

"我不明白的是，为什么船长在审判的时候撒了谎。他已经一无所有了，你想嘛，老婆孩子都没了。他们在船上工作，或许未来要付出更惨重的代价。他在法庭上告诉我，他儿子十二岁，刚好符合务工的最低年龄。然后为自己辩解说，船只是轻微超载。实际上，他儿子只有十岁，载量整整超了一倍，货物也是乱堆乱放。为什么他要说谎，最后还落得人财两失的下场，不仅失去了家庭，还丢了名誉？这到底是运还是命？"

"嗯，这东西很难想明白。"

我面前的这位男子点点头，他趴在地上，低头看着洞穴。他嘴里喃喃地说着话，声音很响，所以我听得见：

"生活就是一个接一个的坎儿，直到尽头。"

"噢。"我应了一声，然后非常困惑地说了声"谢谢"。听完他的话，我开始思考自己为什么要对母亲撒谎。

是时候说出真相了。我确信只要我和盘托出，未来的日子会过得更好。

我蹚着雪走回岸边，朝着蛋糕店的方向行进。这一来一回，我有点走累了。如果是几个月前走这么一小趟，我绝对不会气喘吁吁。手表显示，我比约定的时间早到了十五分钟。亮蓝色的木板墙上挂着黑白照片，里面的人身着夏装漫步在桑尼大街上。其中一张是在弗瑞肯游泳的三个孩子。我感觉手套里好像有指甲断了。我用嘴巴把结成冰的手套摘下来。整根手指都红了。新鲜出炉的小圆面包和热可可的香味将我的思绪短暂地从手指的疼痛中剥离。我在唯一的空桌旁坐下来。源源不断的桑尼居民从窗外的人行道上走过，他们一定都是为周末来采购食物的。我转过头，一脸憧憬地望着玻璃柜里的绿色杏仁饼。女服务员问我是否需要点些什么。我摇了摇头，告诉她我在等爸爸妈妈。女服务员有些不情愿地点了点头，但还是让我继续坐着。

父亲母亲走进蛋糕店的时候，门上的铃响了。他们握着彼此的手冲我微笑。

"太棒了，你居然弄到了座位！"父亲说道。

"你过得好吗?"

母亲的脸红彤彤的,她看着我问道。

"我到冰湖那儿去了,和钓鱼的人聊了会儿天。"

"冰面结实吗?"

"挺结实挺安全的。那儿有一群钓鱼的。我跟着一个残疾的人走过去的,他是个驼背。感觉随时都有可能摔倒在地。"

"怎么会冒出这样的想法?"母亲伸着细脖对我说,双手静静地搁在桌上。

"我和父亲有些秘密没告诉你。"听到母亲的疑问,我心里憋着的话脱口而出。

母亲疑惑地望着我,可父亲不疑惑,他从椅子上猛地站起来,站在母亲身后凶巴巴瞪着我。我以前听过人的眼神可以杀人,直到今天我才相信原来这话是真的。

"我们真心地为你感到高兴,涂丽德。你是全挪威最棒的妻子和母亲。"

"这就是我们要庆祝的原因!"父亲补充道,"这应该就是你要说的,对吧?"

父亲对我使了使眼色。

"是的。"我应和道。

"你要点什么吃的吗?"父亲极力克制着自己的语气,"我打赌我们儿子想带在路上吃。这单我请客。"

父亲随即从钱包里抽出两张纸钞。

母亲想要杏仁饼和咖啡。但我瞬间没了食欲。

父亲和我同时起身走向玻璃柜台。当父亲确定母亲和我们的距离够远了，他用力地抓住我的上臂。

"你选的时机可真够好的！这本该是场令人心旷神怡的旅行，你今天怎么回事？"

"我不知道。"我轻声地回答。

"你神神秘秘地到底想说什么？"我们俩坐下来的时候母亲提出了疑问。

"我想说我们必须利用时间，以后多出去旅行。"父亲回答。

"这个我同意，"母亲说，"我好久没这么放松了。"

当我们刚驶入挪威边境，母亲睡着了。除了引擎和母亲时不时冒出来的鼾声，一路上我和父亲什么也没说。她的头靠在窗上。我想把她扶正，好让她睡得更安宁些。父亲莫名地回过头。

"别，别弄她，"他轻轻地说，"不用管她。她习惯这么睡了，由她去，没事的。"

"什么意思？"我小声地耳语道。

父亲把目光转向正前方，汽车在披着厚雪的杉树林中蜿蜒而行。这些杉树像是不清楚方向，盲目前行的军队。车厢里充斥着引擎的运转声。我靠在后座上，望着窗外白茫茫的一片，脑海中回想起给我们上坚信礼课的牧师。为什么成年人说的话总是那么晦涩？《新约》的内容，哪些应该按照白话去理解？哪些没法用白话来解释？当伊万提问，"耶稣的怀抱对所有人敞开，除了那些反对他的人之外"是什么意思的时候，牧师回答说：“耶稣说的话经常出现一些自相矛盾的地方。”牧师到底想说什么？我究竟还要相信《新约》里说的吗？那么牧师又是如何辨别哪些话是真的，哪些是假的呢？

我在后座上侧躺下来，假装自己睡着了。

经过一座白色小教堂的时候母亲醒了过来。

她刚揉完惺忪的睡眼，他们就开始在前座窃窃私语起来。然后时不时地转过头，察看我是否真的睡着，仿佛不希望我听到一些我不该知道的东西。

11

　　这天是二月的第一个星期三。我们九年级的学生要去拜访企业。安科-延森和生物课的女老师负责带我们过去。那天大家要在学校的院子里集合，上学时间比往常晚半小时。我们站在院子里等，九点准时出发。安科-延森之前说过，我们唯一要带的东西就是铅笔、白纸还有自备的午餐。

　　当安科-延森和生物课老师出现在大门前的时候，院子里开始发出窸窸窣窣的声音。很明显，安科-延森十分盼望这天的到来。他身旁的女老师则显得稍稍忧心一些。

　　这时候院子上空划过一架飞机，同学们竖起耳朵，连安科-延森老师也沉默了。飞机并没有往学校大楼的方向飞，它只是留下了一道靓丽的天际线，像完成了一场完美的跳雪，它掌握了翱翔的所有技巧。正当我再次低下头的时候，我感觉到肩颈的连接处被某种东西叮了一口，顿时剧痛无比。过了好久，我才能伸展四肢，换个姿势站立。这让我意识到，接下去行走也可能会出现问题。

　　"我想你们都很期待这一天的到来，"安科-延森说道，"大家按老规矩排好队。"

我们立刻遵照他的指示排好队列。

"你们想等我告诉你们，今天要去参观哪家公司对吧？"

"是的！那就说吧！怎么这么磨蹭啊？"声音从队伍的四面八方窜出来。

安科-延森把目光停留在他身旁同事的娇俏脸蛋上，她穿着连帽风衣，帽子上有一圈狼毛。"嗯，差不多是时候告诉大家了。"他的声音起初很低沉，但之后却忽然变得雄浑有力：

"我们不得不把这个好消息再藏一会儿。"

队伍里有人发出喝倒彩的嘘声。

"那就别说了。"有个同学高声喊道。

"我没看出来原来你们这么不耐烦？没人反对今天只需要待五小时就放学的对吧？难不成想留下来？"

"不反对，但是你就干脆点告诉我们。"这声音是从最后一排传来的。

"今天我们的参观内容和自然科学有关，所以本特老师也跟着。"他一边说一边朝同事点点头。

她抬头的时候我看见她的脸刷一下的红了。

"除此之外，"他继续说着，"我们还要学习和历史以及社会学有关的内容。所以我也会跟着大家。"

"老师继续往下说。"

"现在我们先过阿克塞瓦河。"

"我们不坐公交车吗?"我和他离得最近,非常自然地问了一句。

"不,我们今天去的这家工厂你们应该小时候就听说过。"

"我知道了!"妮娜兴奋地大叫。

"现在先别说!"安科-延森打断了妮娜的尖叫。

我们穿过马里达路最前头的阿克塞瓦河后,沿着马克路往上走,经过格鲁洛卡的大片区域后,朝着鲁德洛卡的方向继续前行。光走路的话感觉还行。看来右脚脚踝的骨裂骨折已经痊愈了。

"弗莱娅巧克力工厂。"妮娜高声喊道。

"完全正确。"安科-延森回以一个大大的微笑,他非常清楚,我们现在正走在通往奥斯陆最家喻户晓的企业的路上。

在冷空气中,我们忽然闻到了窜入鼻孔的巧克力味。

当我们穿过工厂大门后,眼前马上出现了一个老妇人,她戴着一顶可爱的白色小帽,和我们打着招呼,欢迎我们的到来。虽然她注意到有些男生指着她的帽子在窃窃私语,但她既没有指责男生,也没有表现出很不舒服的样子,还温柔地对我们解释说,为了健康需要,在这儿工作的员工都需要戴这种帽子。她向我们介绍说,工厂建于一八九五年,现在的弗莱娅巧克力工厂共拥有一千三百名职工,工会和领导层合作无间,非常默契。

"我自己是弗莱娅工厂的董事会成员,我为这家公司感到骄傲自豪,"她说,"我认为咱们家的东西挺好吃的。你们同意吗?"

"同意!"大家异口同声地回答道。

"你们有多少人吃过弗莱娅的牛奶巧克力?"

所有人把手高举在空中。

但我的身体突然有些犯恶心。

周围的人看不见我的脸，自然也不会开口询问。我别过头对着水泥地，眼球上感觉有东西压迫着。我只好佯装自己没事，努力做出微笑的表情。

安科-延森把发话的机会交给了生物课老师。领队给她展示了一幅画，上面是一棵可可树。这位老师开始兴致勃勃地给我们讲解起可可豆，以及可可的苦味。她从包里抽出一个塑料袋，然后分给每个人一颗可可豆用来品尝。我们边吃豆子边听她介绍，原来巧克力来源于南美洲，而可可树则是由阿兹台克人最早种植。

"还不止这些，"她拉高着声调，几乎超过了自身的音域，"阿兹台克人认为这些树的来源是神圣的。"

安科-延森补充说，可可豆过去曾是人们的支付手段，克里斯托弗·哥伦布和他所在的公司原本并不喜欢可可豆的苦味。可在添加香草、桂皮和糖之后，西班牙的这位征服者对味道相当满意，所以最后决定把这种饮料带回西班牙。

"当西班牙的玛利亚·特蕾莎嫁给路易十四的时候，这个饮品就成型了。是欧洲人奠定了热可可的基础。"他的语气透露着对这番讲解的自豪感。

"巧-克-力，巧-克-力。"妮娜同其他几个女孩在那儿大声地嚷着。

我过去就发现，女孩很喜欢和妮娜待在一块。生物老师对着妮娜嘘了一声，可是不见效。

"我们现在就要去看他们怎么制作了对吧，安科-延森？"我刚问完就后悔了。每次他只要在公众面前受压，他绝对会一路横冲直撞让我们明白，他现在惹不得。领队朝安科-延森走近一步。

"我们现在差不多就要出发了，否则没办法在午饭前把行程走完。"

人群中爆发出剧烈的欢呼声。

整个队伍跟在领队后头，包括我。突然我感觉到后颈再一次劈裂般的疼痛，我藏起脸不让大家看见我扭曲的表情。接着肩膀和臀部也开始跟着疼，我靠在最近的一面墙上，努力挺直身子，但是疼痛并没有消失，只是稍微缓和了一些。

领队向我们快速介绍了一下穿白色工作服的工人们，以及他们的工作。他们主要负责将可可和糖、可可脂、香草、卵磷脂混合在一起，让可可披上深色的外衣，添加完干牛奶，最后变成我们品尝到的丝滑牛奶巧克力。所有东西都是装在巨大的混合器里完成。其他工人就把混合好的成品用钢卷压平。

"你们看到了吧，这儿就是巧克力。"

"怎么是这形状？"伊万说道。

"巧克力在空气和热量下会被揉成面团状，为了提升品质，增强口感。"

"如果巧克力碎了或是有损坏怎么处理呢？"特隆德提了一个问题。

"那就给猪吃。"

"猪把所有的巧克力都吃了？"伊万表示质疑。

就连安科-延森也对这个回答露出了震惊的表情。

大平底锅上安装着棕色的转筒，它的影子随处可见。所有人，包括我、其他学生还有老师，都看得见。浓烈扑鼻的巧克力气味和不知名的疼痛仿佛要穿透我的身体，让我难以承受。我估计我大概要呕了，于是急忙寻找出口，好不容易挤出了人群。我把头伸到新鲜的空气里，放眼望去空无一人。远处的走廊上有一个水槽。为了安全起见，我坐在它的旁边。

隔着一小段距离，我恍惚听见了某个熟悉的声音。起初我还不太确定，但很快我便确信不疑。他们咯咯地谈笑某件有趣的事情。这个声音我很耳熟。我站在原地一动不动，恶心的感觉撞破大脑和四肢。我靠着墙，聆听着巧克力包装纸咔嚓撕裂的声音。外面的大门突然打开，我短促地尖叫起来，上身一会伸直一会弯曲，变得僵硬无比。他们应该听不见我的动静吧，我刚松了口气，伊万和妮娜突然走了出来。

"嗨，你怎么站在这儿?"伊万问。

这话让我有些不知所措。

"你们带止痛药了吗?"这声音连我自己都认不出。

妮娜满脸惊讶地看着我。

"我们为什么要带这个?"伊万回答我的时候，他的表情不像是说谎。

"怎么了?"妮娜说话的时候，每个字都加了重音。"那现在怎么办?"

我把头转过去，搓了搓脸，仿佛手部的紧张动作可以将脸上的红血丝抹去。

"我必须到走廊外面去，一闻到巧克力的味道我就犯恶心。"

妮娜用奇怪的眼神看着我。

另一扇门被人拉开，安科-延森领头，四个班级的学生从里面一涌而出，走进远处的另一扇门里。

"我们要过去吃个痛快，有人叫我们了。""你们要记得先把自己带的午餐吃了。"安科-延森对着大家喊叫着。

我们赶紧跟到弗莱娅大厅，墙上挂着十二幅画像，分量都不轻。桌子都摆好了，我就近找了个座位，挨着伊万，离妮娜有些远。我看见她独自一人坐在桌边，围巾放在面前的桌子上，头发乱蓬蓬的。我望着她，她的额头、深褐色的眉毛、高挺的鼻梁、嘴唇、下巴还有她纤长的脖子。

长墙边上靠着三张桌子，上面放了一摞摞未打包的巧克力。当准备的信号一发出，学生们立刻蜂拥而上，朝巧克力的方向挤过去。我走得有些犹豫，只好排在队伍的尾部，妮娜在我前面一些。

安科-延森准备得很充分，他带了一个塑料袋，里面塞满了阿兹台克人留下的遗世珍宝。同事在一旁小声对他嘀咕着什么。即使说着话，他的手并没有停下来。妮娜站在我身旁，朝安科-延森老师点了点头。

"我觉得他上学的时候应该没来过弗莱娅吧，你说呢?"

"安科-延森，这儿剩的更多。"我大声喊道。

当我们朝学校原路返回时，特隆德走在我和妮娜的中间。没过多久其他人就离开了视线。恶心反胃的感觉已经过去了，但是我还是止不住地害怕，妮娜和特隆德会突然小跑回去。忽然我觉得腿脚一软，没来得及控制自己，摔倒在地上。我努力护住头部，幸好没有撞在沥青上，只是侧身在地上翻滚了一下。

"怎么了?"特隆德惊恐地放声大叫。

"疼吗?"

妮娜低头看着我。

"没事。"我一边说话,一边借着四肢的力量让自己站起来。

"发生了什么?"妮娜问我。

"你站不起来吗?"特隆德的语气很认真。

"站不起来。"我尽量把声音压得低一些。

好不容易终于能双脚站立后,我转过身,踢了一脚沥青。

"这儿肯定有坨冰淇淋。"我说。

然后我们继续往学校走。特隆德开始聊起鲍比·费舍尔。

我瞥了一眼妮娜的表情。特隆德全程就没聊别的,他几乎能把每个话题都引到他最喜欢的主题上。

"鲍比·费舍尔是美国国际象棋界的大师,他在雷克雅未克的世界锦标赛上同俄罗斯的博里斯·斯帕斯基交过手,你听过他的名字吗,妮娜?"我问。

"我不下棋,但是我读过报纸。"

"费舍尔是全世界最棒的棋手,"特隆德说,"毫无疑问。"

"同意。"我边说边点了点头。

"你们为什么这么肯定?"妮娜问我们,"你们难道和费舍尔或是斯帕斯基下过棋?"

特隆德和我面面相觑。

"如果是说个人兴趣爱好，那我最喜欢费舍尔。他的风格最大胆。我喜欢勇敢的人，无论是下棋的或是别的。"她说得特别坚定，眼睛朝我和特隆德来回看。

1 2

到家之后，我打了个盹儿。母亲把我叫醒，告诉我还有十分钟就要
开饭了。我坐到木椅子上。拖鞋一双双排列在门边。我伸展四肢，抬抬
右腿、膝盖和臀部。然后我把脚往外伸，把拖鞋勾过来。站起来后右腿
不稳，马上又摔了下去。我目瞪口呆地坐回椅子上，然后再慢慢站起来，
感觉似乎好了一些。附近几栋楼的窗户旁一个人也没有。只看见一条牧
羊犬，它靠在圣汉斯豪根方向的人行道上。记忆里我从未见过这条狗。

当它离开我的视线时，我看向马路另一侧的砖房。屁股摔疼的地方
还隐隐作痛。我踢掉脚上的拖鞋，穿着袜子站在地上，想看一看外面的
世界。我吸了一口气，嘴里仿佛藏着什么话要说。背脊算是挺直了，我
移动脚步，左一步，右一步，东一步，西一步。看到了。我看到了对面
的街道，还有镶嵌在砖头里的四方形门窗。砖头都有棱有角的，底下的
水泥地给几根大石柱子承重。每一面墙都砌得特别直。

它们矗立在地面上，稳若泰山。我发现那上面一个洞眼也没有，窥
探不到里面的世界。墙面上找不到任何外凸的砖头，砖堆起了墙，墙包
裹着砖。红棕色的砖墙一年四季都屹立不倒。窗框是蓝色的，门是棕色

的。窗帘拉得严严实实的。我仔细端详起自己的双手。如果我的手指是为刀叉所创造，那我的手掌则是为跳雪而生，我的腿就是两把大镰刀。外婆去世后，我是过了几年才意识到，自己再也见不到她了，不论她在天堂或是别的什么地方。我可以凭空想象她的样子，但她不可能如牧师在葬礼上所说的那样，变成天使的模样回来看我。

吃过晚饭，我走进浴室看着镜子里的自己。我想到了一个主意。我打算给父亲和母亲留张纸条，就说我去下棋了。他们好像正坐在客厅的贵妃椅上打瞌睡。这场行动，我不需要任何观众。对待家人我从不是个积极的人，总而言之我只想一个人完成这场冒险。只有皎洁的月光才是我的见证人。

套上外套，我出门了。室外目前零下十度。我坐上开往玛由斯图方向的公交车。当汽车沿着雪尔科大街一路前行，就快到我要下车的地点时，我开始有些担心了。我能一个人完成吗？我真的有那么大的勇气吗？别忘记自己还有疲软无力的双腿。如果他们知道我在思考什么，一定会觉得我疯了，或者傻了。

我静静地从公交车站走到前往侯门科伦线的电车站台。那儿站着四个人，我们一起等了几分钟。期间我会抬抬眼，往隧道的方向瞧一瞧，看看电车来了没有。松恩峡湾线来得最快，上面载满了去布林德恩的学生，整个车厢吵吵嚷嚷的。走运的是，站台上的其他几个人都是坐松恩峡湾线。三分钟后，侯门科伦线来了。

我环顾四周，然后一直往上走，走到隧道口的上方，站在原地等待。没过多久，我便听见车轮和轨道摩擦的声音，眼前的车灯正闪着灼人的光芒。当电车慢慢减速，从黑漆漆的隧道中缓缓出现时，我才明白这场行动有多危险。就在电车经过隧道口的刹那，我奋力往下一跳，落在车顶上。在我着陆前，我让整个身子笔直前倾。那瞬间我感觉膝盖碎了。直到此刻，我才有焦虑感，身体里的血脉开始偾张，变换成某种不明液体，让我全身僵硬。我没法呼吸，没法眨眼，没法吞咽口水。远处刺耳的鸣笛声让我体内的血液再次澎湃，我就像乘坐着矿井里的升降梯，呼吸忽快忽慢。

我用双手紧紧抓住眼前的木质门框，上面挂着铁器装置，以此紧紧贴伏在电车顶上。身下的车顶是用木头做的。我原本几乎盘算好了一切。我穿的是靴子，能在落地撞击时保持良好的弹性。如果车顶上结冰的话我会更加兴奋。可惜车顶光秃秃的，除了冷没别的，一点儿冰雪的痕迹也没有。跑了几米后，电车停在了玛约斯图恩站。这可是关键的一刻。如果车厢里的乘客听到一丝丝的动静，他们或许就会让检票员来检查。门开了。我听见低声谈话的两个人声，我猜其中一人是检票员。他走到站台外，抬起头：

"哎哟?"

电车静止不动了。我屏住呼吸，努力把头埋得更深一些。

"你有看见车顶上有什么东西吗?"我听见底下的人问了这么一个问题。

"没有啊，大概只是掉在车顶上的大冰块吧。我碰到过好几次。这破车我开了二十年，算是有点经验。"

"哦，那好，那就算没啥东西吧。"另外一个人说道。

过了片刻，电车才缓缓驶出站台。快到温德恩的时候，我靠四肢站立起来，探头张望了一下两侧。迎面的风比我想象的要更清凉一些，电车则比我预想的要跑得快，噪音也更厉害。我趴在顶上，用双臂轻轻地抓住两侧。我把手套放在滑雪衫的口袋里。双腿倾斜地搭在两侧，头朝左。只有月亮能看见我。我在头上罩了一顶蓝色的帽子。选这顶帽子的原因就是它不易被察觉。当电车在各站台驶入驶出时，全靠帽檐遮挡，我浅亮色的刘海才能不被发现。除了站台，我有把握任何人都发现不了我。可惜我忘记穿长袖的打底衫了，羊毛衫是没法套的，否则贴在车顶上会有些困难。

距离斯雷姆达尔站还有三四百米时，电车开始减速缓行。我觉得自己仿佛掌握了身下这头机械巨兽的每个动作。我翻过身，头部紧靠第一节车厢，双腿指着奥斯陆市中心的方向。就这样躺了几分钟后，我咬紧牙关，跟着巨兽朝冬雪覆盖的山丘迎风而上。一开始我伸开双臂，紧握两侧，随后我把双臂慢慢靠向躯干，这动作我在跳雪前做过许多遍。起初，车轮滚过每根铁轨时，我的脑袋都要敲打一下车顶。但很快，我便习惯了这个节奏。

中途我两次摆好姿势准备往下跳，但每次我都成功卡住，最后才掌握了平衡。我再次翻转身体，令人吃惊的是，沿途竟然没有雪了。如果我往下跳，那我就碰不到雪，砸下去的只有石头或是冰斗湖。这场景把我给震慑住了，我只好重新发力，抓牢车顶。这种感觉像是第一次雪中漂浮，只不过这次悬浮的时间持续得更久一些。漫天星光洒在我身上，照拂着我身后的路途。等待的过程中我瞥了一眼城市的灯火。

到斯雷姆达尔站后，我重新转过身，双手扶着两侧，纹丝不动地躺在车顶上。站台上等候的旅客并没有注意到我。等车轮徐徐滚动，我意识到接下来要走一段上坡的陡路。经过最陡峭的路段时，我把双脚轻轻地靠向两侧，双臂紧贴躯干。体内的热量传递到手掌心上。在纵横交错的星野背后，月神远远地凝望着我。当视野渐渐清晰后，我看到了月球上的脚印。那不就是阿姆斯特朗航天员踏上月球表面所留下的斑驳足迹吗？月亮仿佛一块薄脆饼，这晚的月光特别清透明亮。当电车停在弗格尼斯泰，也就是小镇最高处的终点站时，我缓了一会儿，确保所有乘客都离开车厢后，我慢慢爬下车顶，双手似乎已没有了知觉。直到我站在地面上，我才感觉到，左脚的脚趾冻坏了不止一两个。

检票员突然出现在第一节车厢前，他大声吼道：

"你从哪儿冒出来的？"他的语气中透露着惊诧。

"我一直趴在车顶上。"

"好，可以的。"说完，检票员就走了。

当我乘着电车重新返回市区时，他什么也没说，默默地让我买了票。车上一共只有三名乘客。我坐在自己的帽子上，脱下鞋子，给脚指头做着按摩。手指渐渐地开始泛红，没了知觉。我在国家大剧院站下了车，经过检票员身边的时候，我向他点了点头。在我走下台阶时，他似乎想走过来找我问话，但最终什么也没有说。回家的路上，我的双手双脚已经彻底冻僵。

"象棋下得如何？"我一打开家里的大门，就听到这句话。

"棒极了。"我一边大声回答，一边走进浴室里，然后锁上门打开热水。

寒假快结束前，有天家里的电话铃响了。母亲正在厨房忙活，我接了电话。厨房的门半掩着，母亲坐在椅子上准备饭菜。电话里的声音相当耳熟，我搁下听筒，轻轻地拧上厨房的门，然后继续接电话。

"来了。"我说。

"你还好吗？"

是妮娜。

"我看了点书，但大部分我觉得都很没趣。"

"你的脚踝好点了吗？我之前看到，你走路好像稳点了。"

沉默了一会儿后，她继续说。

"……嗯，是在校园里，看到的。"

看来她还会关注我。这感觉不错。

"你在干吗呢？"

"我也正无聊呢，你没和伊万或是特隆德他们在一起吗？"

"没呢，特隆德去山里了，伊万待在他爷爷奶奶家。"耳朵里传来厨房门背后，母亲从椅子上站起身的窸窣声。我把身体背对着门，用手掩着嘴巴，小声说话。

"我要去和家里人说句话，稍等。"

我放下听筒，大喊：

"坐下继续织毛线。是私人电话。"

"哦哟。"母亲用低沉的嗓音回答了我，她好像十分惊奇。

我听见她顺从地坐了下来，才放心继续拿起听筒。

"你刚才在说什么？"妮娜很好奇。

一开始我没明白她的意思。

"哦，没事，哎呀，我说，我刚才是在和我妈说话呢。"

"她在家？"

"她在厨房，以为这通电话是找她的。我妈妈是老师。"

"这我不知道呢。"

"对了，你怎么给我打电话？"

我这话说得是不是有嫌弃她的意思啊？这不是我的本意啊，我可喜欢和她聊天了。她不会真挂电话吧。

"寒假前有天，我看见你在学校院子里，我正要往你那儿走，问你去不去北玛尔卡滑雪。你今年是不是不再跳雪了呀？"

"嗯，今年看起来是跳不成了。"

"但我记得去年滑雪日，你普通滑雪也很棒呀。"

"我估计滑雪我可以，但是我要给医生打电话确认一下。"

"那你不拒绝咯？"

"只是今年我没滑过雪，"我的回答有些犹豫，"你经常滑雪吗？"

"有时候，我拿过长距离滑雪的金牌呢，"妮娜说，"和我几个哥哥弟弟比赛时拿过。"

"我经常会和我父亲一起滑雪，受伤前不跳雪的时候常去。"

"我们可以坐侯门科伦线去滑，礼拜天十点零三分有趟车，从国家大剧院到弗格尼斯泰的车。要不你到时候带我看看希特利山坡？我哥，奥拉夫，他和我说你在那儿可以跳五十米远呢。"

"我会来的。"我尽量装出镇定的口吻。

"太棒了,那我们说好了。"在确定我有写下她的电话号码后,她心满意足地说道。

我放回电话听筒,脑子里迅速把这件事捋了捋。我唯一能联系的人只有父亲。在母亲开口问我和谁打电话之前,我快速拨下号码。

"妈妈呢?"这是父亲的第一句话。

"她在家。你觉得我可以参加其他班组织的滑雪吗?"

"如果你有兴趣,你应该去。"

"谢谢爸爸。"我说。

我曾考虑过,父亲或许会对我的提议持保留意见。朗格医生清清楚楚地说过,所有跳雪运动一律禁止,而且他还说,一旦"走路走得比平常快",也要当心。父亲在挂电话前说的最后一句是:

"你不要以前跳雪的小伙伴一起加入你们吗?"

"嗯,我不想他们去。"

"我只是和你开个玩笑。"

马上,我给妮娜回了电话。

"礼拜天早上十点零三分坐电车,没问题。到时候见,拜拜。"

这时候母亲终于坐不住了,她半打开门。

我把脸转向她。

"你和谁打电话呀?"

"我和其他班的同学打电话。礼拜天我们一起去滑雪,去北玛尔卡那儿。"

"这我必须要说一句。你现在身体恢复好了吗?"

"必须的妈妈。我和爸爸说过了,他说可以的。"

母亲走回厨房。即使在节假日,待在家、待在公寓里,除了我和父亲谁也不见的时候,母亲依旧会穿着外出的连衣裙。寒假的星期六下午,也不例外。她在裙子外面系了一条围裙,避免裙子沾上污渍。

"好吧,那就当是你们去度假了,我终于可以把家务忙完了。"母亲温柔地说道。

整个寒假,肯伍德牌搅拌机和辛格牌缝纫机都在默默地运转着,不出一点差错。等母亲把计划好的家务都处理完毕,她就会坐在客厅里的翼状靠背椅上开始织毛线。毛线团嗖嗖地抽出源源不断的线,速度飞快无比。我坐在餐桌旁,忙着涂写学校的作业本。但我会时不时偷偷看她。我很好奇,人会不会把坏的情绪一同织进毛衣里去。最近她变得有些若有所思,反应有些迟钝。我想起了冒二氧化碳的苏打水。或许人老了之后就会变成那种样子? 她脱下围裙,挂在厨房的衣架上。裙子是和往常一样的套装款式,颜色选的是红宝石色。她从来不穿苏格兰式或是朱迪·加兰常常穿的佩皮塔图案的裙子。父亲过去常说母亲在穿衣打扮上很局限。她的眼睛盯着棒针,头也不抬。和往常一样,她的脸上化着精致的妆容。这种装扮从来不变,除了眼妆会稍许不同。棒针是钝了吗? 她突然抬起头,把毛线搁在大腿上,双眼朝着空荡荡的房间直直扫了一圈。然后她拿起刚才织着的毯子,停了一会儿后,按照平常的节奏继续挥舞棒针。

"我很期待和妮娜一起去滑雪。"我说。

母亲继续织着毛线。

我穿上拖鞋走到地下室里查看，不知我的越野滑雪板是否还在那儿。当我起身的时候，才发现之前没把矮门关紧。我轻轻地把门推上。客厅里一个人都没有，只听见了父亲的声音。紧随其后是母亲的尖叫声以及一连串模糊不清的词语。看来他们在卧室里。我靠着门，欠着身透过钥匙孔朝里面看。最初我只看见母亲。她的拳头击打在镜面上，伴随着尖叫。我看不见父亲的身影。于是我把脚往右稍微挪了一下，终于瞥到了父亲。母亲的表情瞬间变得非常平静。我看着父亲的后脑勺。他正跪在母亲面前，环抱着她。

"亲爱的涂丽德，求你了，我求你。"他低沉着嗓音说话，但音量足够让我听见他说的每一个字。

房间里十分宁静。再过了一会儿，我看见母亲举起右手，双眼仍旧直视前方。忽然，她用手抚了抚父亲的头发。

"谢天谢地。"父亲说话时站起了身。

我匆忙回到自己的房间，快速躺倒在被子底下，脚上还挂着拖鞋。我闭上眼睛假装自己睡着了。

13

　　我比约定时间提早十五分钟到达了站台。妮娜在电话里和我说过，前一天晚上她要去参加派对，在皮尔斯特雷的一个闺蜜家。她打算在那儿过夜，然后今天直接到国家大剧院站和我会面。我在站台上来回走，发现雪地靴有点系得太紧了。博纳的滑雪板已经买了三年，但历久弥新。

　　她打电话的时候，并没有问我是否要一同参加派对。我在思考这个问题的时候，我个人觉得她这么做也没什么奇怪。或许那儿原本只有女孩儿才去呢？就算有其他男孩在场，为什么一定要邀请我呢？她已经打电话问我要不要参加滑雪旅行了，因为她觉得我比学校的大多数人都要擅长滑雪。这显然是她内心真正的想法。我还不知道她是不是有男朋友。不过那又怎么样？我才不操心这事。我深吸一口气。我现在只是要和一个喜欢滑雪的人，一个也像我那么喜欢滑雪的人，一起旅行而已。仅此而已，根本不复杂。除了羊毛打底衫，我还在出发前冲了把澡，干干净净地换上白色的运动袜和蓝色的紧身打底裤，外面套着带帽的滑雪衫。我在脑袋上戴了一个红色的耳罩，脖子上围了一条相同颜色的围巾。

我看了眼手表，还有三分钟电车就要到了。在刚刚流逝的几分钟里，站台上人潮攒动。每个人看着都好像是经验老到的滑雪运动员，穿着滑雪衫，戴着绒线帽，扛着拖到臀部的大背包。他们用两根鞋带把滑雪板绑在一起，一根缠着另一根。一只手里拿着雪杖，另一只手里拿着绑在一起的雪板。所有人都双眼朝着隧道张望，电车将从那儿出来，载着他们前往几百米海拔的弗格尼斯泰。

但愿妮娜没有睡过头。我试着镇定自己，想想过去那么多年里，奥斯陆人民站在站台上，等候被传送去拥有最漫长冬季的地方。父亲过去常说："即使大街小巷都在传言奥斯陆主教和女服务员咬耳朵，人们还是会站在站台上，等候电车载送他们去冰雪之城的。"

滚滚车轮将电车带到站台上，车停了。说不定妮娜改变主意了？每个站在站台上的人都在忧心一件事，一定要冲进去抢占最佳位置，最好是在列车的最前端，这样一旦电车减速下来，他们就能立刻取下固定在车厢上的雪板。我看到一个人，他腋下夹着雪板和雪杖，那样子仿佛夹着一捆棒子，门一开他就用力往里挤，然后整个人扑在一个空位上。检票员在他身后奔跑，大声吼道他应该出来排在队伍的末端，并且在上车前先固定雪板。我在窗户后面看到这位男子伸出手摇了摇头，怀里紧紧抱着滑雪板和雪杖。接着我扫了眼他全身的穿着，发现他竟然只穿牛仔裤。无论如何，他肯定不是挪威人了。

我站在队伍的最前端。

突然妮娜排在了我的身后。

"把你的滑雪板给我，你冲进去，先占地方。"我说。

我紧握住两副雪板，没有任何难度，在她喉咙侧边小声嘀咕。除了滑雪靴，她全身都穿着红色。她的眼神在乌黑的秀发下显得有些严肃。黑色的马尾辫从绒线帽下戳出来迎风飞舞。

"抱歉。"

"派对好玩吗？"我问得很大声，"还有谁？"

"还有一些闺蜜。"

"没有别的人吗？"

"你看起来很好奇。"

"我只是随便问问。"

学校里有些女孩已经开始化妆了，但是妮娜并没有。

"差一点你就赶不上电车了。"我说。

"嗯。"她边说边直愣愣地看着我。

我脸刷地就红了，只好想办法让目光飘向窗外来掩饰害羞。我只能尴尬地聊几句：

"你看，我们已经到弗洛恩车站了，但检票员还没来得及到我们这儿检票，看来今天有很多人坐车啊。"

我们两人的滑雪板卜面都有蓝色的Swix标志。到达特瑞万斯图的时候，我感觉自己走路的步调已经相当稳了，心里很清醒，双腿活动起来感觉好像自己很健康。我们决定好了朝着克库特的方向前进。到达布兰瓦恩布罗滕的时候，她在我背后冲我喊道：

"你还好吗？"

我停下脚步，一边擦汗一边转过身。

"挺好的。"我说得上气不接下气。

"要我走在前面吗?"

"我没意见啊。"我说。

大概走了一百米之后,我的两条大腿开始有轻微的酸软。虽然步伐很缓慢,但我的脚似乎不再听我使唤了。即使我用力强撑,也无济于事。我真想歇斯底里呼喊一通。两位老头和一位约莫十岁的女孩从我身边经过。妮娜轻松地把身体闪到一边,不费吹灰之力地走到了这伙人的前面。她停下脚步回过头看着我。

英姿飒爽的她美极了。

"你估计还有点脚伤后遗症。"

"你是这么觉得的吗?"我说。

"脚伤恢复需要时间,你知道的。"她在鼓励我。

我走出留着她脚印的道,靠雪杖支撑身体,用雪板在没人踩过的雪里前后滑了起来。

"这里距离库博豪根不远了。我们要不到了那边吃带来的盒饭吧?"

"你可以去克库特。我可以去库博豪根小屋那儿等你。"我说。

"你真的愿意吗?是我建议我们俩踏上这段旅程的。"

是因为我的缘故,让她萌发滑雪的念头吗?会不会她其实对我很感兴趣呢?还是我自作多情?不论怎么说我绝对不能爱上她。我和她不可能。现在还是想点别的事情好了。只是一起滑雪而已,旅途非常棒,周围的景色让人心旷神怡。

"如果你想去远的地方滑雪,但因为我没去,我心里会有负疚感。"

"负疚感?"她大喊道,"你怎么变得这么严肃?你的双腿没有完全康复,这不算是世界末日吧?"

"确实,你说的也许是对的。"我说话的时候,眼睛看着别处。

好不容易恢复了点体力,我奋力抬起两个脆弱的膝盖,走到了库博豪根的木屋。我们找到一张桌子,把食物搁上面打开。我从柜台那儿给我们俩买了棕榈酒。妮娜开始在胸口的口袋里找钱。

"我请客。"我急忙说道。

"谢啦。"她回答我。

喝了几口酒之后我觉得自己好多了。吃盒饭的时候我们俩并没有太多的交流。越来越多的人在我们周围坐了下来,气氛开始变得吵闹。进屋以后她没有摘帽子,为了把挡在眼前的头发拨开,她的刘海有些卷翘。她的手放在桌上,手指纤细修长,指甲修剪得挺短。我看着她的手,仿佛那是全世界唯一的手。我的双手搁在大腿上,渐渐地我把手挪动到桌边。这时候她突然开口了。每次我只用一个词回答。当我再把目光移动到自己的手上时,我的左手已经靠她的手相当近了,我假装不在意地触碰她的右手。她把手抽了回去。我抬起手,匆忙地拨弄自己的头发。当我抬起眼睛,直视她的时候,她没有眨眼。她竟然能够表现得这么镇定自若。看来她一定是在和自己哥哥弟弟对抗的长期过程中受足了训练。

我坐在凳子上幻想着,这时能有一个直升机的飞行员推门进来就好了,最好他能主动开口要求带我们飞回家。

"回家的话或许会好的。"妮娜说。

"如果接下去终日要与轮椅相伴,你觉得怎么样?以后的两三年里,你愿意开车带我出去吗?"

我刚才在说些什么啊?太尴尬了。我环顾四周,最近几张桌子边上的人明显听见了我们的对话。坐在我身后的一对老夫妻还特意回了回头,寻找我口中的轮椅。

"你为什么这么问?"

"我只是开个玩笑。"

接着她把话题转移到学校和朋友身上。

我只想回家躲起来,我害怕等会还要走回弗格尼斯泰搭电车回去。我要对妮娜坦白多少真相?两旁的杉树挂着厚厚的雪,当中的走道被清扫得一尘不染。如果未来能每年都和妮娜在北玛尔卡地区这些走道上漫步该多好?

走了两三千米后,我的腿彻底废了,整个人摔倒在地上。我并没有惨叫。妮娜在我前头静静地走着。我竭尽所能想要站起来,她突然转过身,让我十分懊恼。她急急忙忙奔到我身边。

"我扶你起来。"她说。

"我没事。"

她一屁股坐在地上,然后伸出右膀。

"那把你的手臂搭上来。你很害怕受到别人帮助吗?"

我把手搭在她的手臂上面,抓住她的肩膀。她把身体横在我面前,一眨眼的功夫,她又挺直了胸膛。

"你介意吗?"她吃惊地问道。

"不管怎么样,我确实需要人帮助。"

她把我拖起来，然后掸去我衣服上的残雪。

妮娜的肩膀和帽子上都有少许碎雪。我犹豫了一下，然后伸出右手拂去她肩上的雪。她站在原地一动不动。当我抬手去够她帽子的时候，她的双臂紧紧环抱住我，并在我唇上留下了她的吻。她应该注意到我刚才往后退缩了，不过我退得不厉害，只是一点点而已。

"有那么危险吗？"她说。

"没有啊。"我回答得十分认真。

我应该把所有事情都告诉她吗？

"只是有点不合时宜……我不知道你刚才什么意思？"

她看上去有些泄气。

"你没错，嗯，错的是我。你……"

我努力搜寻合适的词汇来解释自己刚才的话。

"……很可爱。"我知道我可以想出更多的词，但那么做只会让事情变糟。

"我不应该亲你吗？"

我耸了耸肩。

后来我们没再多说什么。或许以后也不会有这样的出游了。或许这就是最好的结果吧。我觉得自己就像是一只活该被烤着吃的冻死狗。

抵达马里达路尽头的时候，其实她大可以跨过阿克塞瓦河继续前行，而我应该直接回家。就在这时她停下了脚步。

"如果以后你想聊天的话，给我打电话？我想……"

她停顿了片刻。

"……很高兴和你走这么一段路。"

"祝你玩得愉快。"我说。

她往前走后，再也没有回头。

给我打开家里大门的时候，父亲对着我大声呼叫：

"今天还顺利吗？"

母亲和父亲一起走到门廊口。我坐在凳子上脱雪地靴。

"那儿的场地一级棒，是不是这样啊？"我对父亲点了点头，感觉自己的身体被掏空了。

"好啊，我以后的滑雪搭子没了。"父亲一边说一边对母亲眨了眨眼。

"你和谁一起去的啊？"母亲问道。

"妮娜。"我回答。

他们顿时疑惑地看着彼此。

"她长得可爱吗？"母亲问我。

"哎呀，你不要这么问，"父亲打断了母亲的提问，"他们只是一起去滑雪而已，真是的。"

"她很擅长滑雪，没错，她长得很可爱。家里有晚饭吗？"

"我们一直在等你，你瞧。"父亲马上堵住我的问题。

母亲和父亲面面相觑。父亲本来想说些什么，但是最后只是在我肩膀上迅速地拍了一下。

"对了，你，我现在要和你谈正事了。你能不能帮我和你妈妈一个忙？"

"要看是什么忙。"

"今天是外婆的生辰。我们要给她送个花环，为她点个蜡烛。你能不能帮忙带个花环和蜡烛过去？就像我们每年圣诞节那样做的。花环和蜡烛都在地下室里。"

"好的，"我的语气很平淡，"看在外婆的分上。"

"我就料到你会答应的。你和外婆过去总是相处得特别愉快，不是吗？"

我点点头。

父亲把脸转向母亲。而她此刻正直视着墙面，右手的中指在镜面上划过，仿佛要写一个中文字给我们看。

"涂丽德。"父亲叫得很大声。

母亲仍旧没有应答。

"你现在先去地下室，我们待会儿再聊。"父亲对我说。

通往墓地的小路没有清理过的迹象。我的脚印下都是冰雪和融化的雪水。快走到主干道的时候我滑了一跤，摔在地上。我应该给自己找个借口推了这件差事的，我暗暗想着。天空的边际能看到一层烟粉和紫罗兰的混合色，周围的一片漆黑即将吞没所有的色彩。大部分的墓碑上都盖着厚厚的雪。我凭着自己的感觉走到我认定的墓碑前，把上面的积雪拂去。不是她。天色渐暗，我不小心往后摔倒在地上，起身后我拍了拍裤子上的雪。环顾四周，幸好没有人看见我。我继续检查墓碑，也不是她。找不到我就继续撸下一个墓碑上的雪。一只鸽子停在不远处。这不是人类能辨识的声音。我靠在最近的一座墓碑上，把花环急匆匆地丢在墓地门旁的垃圾桶上，蜡烛飞到一边。我站在原地，慢慢恢复体力，好撑过回家的路。一路上我不断地让自己停下休息，这样父亲母亲就看不见我究竟有多精疲力竭了。

当我打开大门的时候，母亲站在门廊上。

"你怎么走路驼背啊，像个老年人一样，"她对我说道，"把背挺直了，小伙子！"

我努力伸展四肢挺胸抬头。

"你连挺直背都不会吗？"母亲有些生气了。

14

三月的头几天天气特别暖和。乌尔兰大街上的雪慢慢融成水在地上流动。瓦尔德玛特兰尼大街停车场上累积的厚雪很快消融。妮娜去学校的时候会走这条路。寒假过后，我在学校看见她的时候，我不敢和她说，如果下次能再和她一起出游的话会有多美妙之类的话。我想过给她打电话。如果在学校的院子里说不太合适，万一特隆德或是伊万在附近就尴尬了。

我在停车场这里停下脚步，看着铲雪车在铲一个大雪堆。地上撒下的沙子让雪堆看起来像是被外力抹去面部特征的脸。没过多久，我就看见了脑袋上戴着红色帽子的她。

"嗨!"我大声地朝着她打招呼。

她没有回应我。只是继续朝着圣汉斯豪根的方向小跑而已。我用上全身力气拼命追她，她好几次停下来转过身。在圣汉斯豪根那儿她不见了。在公园尽头的纳尔维森便利店附近，我留意到了一串脚印，我估摸着这应该是她留下的。这里的雪被人用力踩踏过，很快就要融化了。黄绿色的杂草从雪里戳出来。我看见脚印上刚留下的黑色泥土，还是新鲜的。然而我滑了一跤，摔在地上。她是躲在附近的树后面吗？脚印的方向是那儿。我努力把背挺直，看了看表。如果我直接走路去学校，应该刚好能准时到教室。我环顾四周，优雅的松树朝着蓝天伸着懒腰。周围鸦雀无声，我几乎能听见水珠落在地上的声音。我继续往前走。看来她并没有躲在附近的树背后。脚印继续往前移动。突然，我发现地上有一张黑白色的小纸片。这是一张护照照片，在国家大剧院车站那儿的机器上可以拍这种照片。扫了眼四周后，我走过去把它捡了起来。我弯下腰，举起小小的照片，原来是妮娜。

我的脸颊开始发烫。

"妮娜。"我大叫起来。

她从二十米远的灰绿色灌木丛里探出脑袋，叉开双腿站在自己留下的脚印上。妮娜双臂交叉，露出牙齿，微笑地看着我。她戴着黑色的手套，下面还滴着水。我一直盼望着能看到她的笑容。我向她一路走去，整个过程我仿佛像是凋谢萎缩的花朵。我真是个蠢蛋！

"我看见你在瞄手表。你知道我们迟到了对吧？"

她的颧骨很显眼。两瓣嘴唇中间有一道漂亮的弧度。

"你说句话啊。"她一边说，一边把手放在我脸上。

湿哒哒的手套像冰一样冷。她拉着我的脑袋往她的脸上凑。

"为什么我在瓦尔德玛特兰尼大街叫你的时候你不理我？"

她用力把我往后推。看上去她好像只用了一个眨眼的时间就思考完我的问题了。

"我要先想明白，我可以让你陪我做些什么。"

"你还要你的照片吗?"我问道。

她的脸部表情瞬间变得十分尴尬。她似乎在犹豫怎么回答这个问题。

"你可以留着。"

原来她也是有弱点的。

随后我们俩并肩朝学校走去,步伐相当悠闲。我说话的语气非常紧张,她会倾听我说的话然后问些问题,但具体说了什么我记不得了。我可以肯定的是,这一路我三百六十度观察了一遍她的容貌,她的额头、眼睑、睫毛、鼻梁、下巴、长长的脖子,还有带拉链的黑靴。

我们到班级的时候迟到了半小时,两个人编的理由都特别烂。

接下来的两天,我没和妮娜说话。到了第三天,我憋不住了。下课的时候我找到和她经常聊天的一个女孩。

"妮娜生病了吗,还是?"

"怎么了?"

她瞪着细细的蓝色眼睛看我,然后脚跟一转,咯咯笑着,朝她附近的闺蜜走去。

那天夜里,我用家里电话打给妮娜,我事先确定好父亲母亲坐在厨房里。接电话的是妮娜的母亲。她说妮娜要过几天才去学校。侯门科伦礼拜天比赛前的那个礼拜五,我醒得要比平时晚一些。母亲和父亲一定已经出门了,整个屋子里一丝动静都没有。我感觉自己其实并没有完全清醒,所以我待在床上等脑袋彻底清醒再起床。我打开灯,看着彩色蜡光纸上的艾瑞克·博尔登,他站在其他"动物乐队"的成员身前。

我用力抬起自己的膝盖，床垫好硬。床架刷的是蓝色油漆。我用右手挪了挪枕头。全身上下只穿了内裤。枕头罩上画着一群走去湖泊的大象。费了好多劲我终于把左腿膝盖抬了起来，看上去像个光秃秃的小脑袋。另外那条腿还在床垫上。厨房里应该有火炉，那儿有四片面包和一杯倒满的牛奶在等着我。我可以听见客厅墙壁挂钟的声音。今天第一节是安科·延森的课。我抬起左手看了看表，指针追赶着彼此。表盘是圆形的，在数字6的上面刻着小小的一排字"瑞士制造"，除了6以外，表盘还标了3、9和12，其他时间只是用铝制的小点作为标记。我应该在一刻钟前就出门的。另外一条腿的膝盖仍旧绷着。手指倒是都能活动。眼睛几乎能看到整个房间，脑袋也非常清楚，听觉上我可以辨认出屋外压缩机滴水的声音。修机器的人估计是戴耳罩工作的吧。否则除了噪音，其他什么也听不见了。

如果我现在起床，大概会迟到半个小时。墙上的时钟又敲了一次，叮当。心脏跟着钟一起跳动，日月交替，黑夜过去就是白天，而此时的我则和床相伴。鱼在碗里，鸟在笼子里，我呢。我看了眼手表。在玻璃的反光下，我看见自己的微笑像一把弯曲的军刀。

我伸了伸懒腰，感受了一下右腿的膝盖骨，还好端端的。我用双手把腿抱起来。

膝盖跟着慢慢靠近，我把左腿抬起离开床。我从没有杀过人，没有偷过一分钱，也没有触犯任何一个神灵，没有烧毁过任何东西。右腿看来支撑不了我。我再次躺倒在床上，真希望现在是夜晚。我重新坐起来，用衣服把椅子往床边拉。我尝试最后一次把身体站直，等时钟快到九点的时候我就能站起来走出门。房间很小。我大声尖叫了起来。这些钟盘真讨厌。我的内心现在就像是装在瓶子里的烈酒。我尝试在床头灯的光晕中想象妮娜的身影。接着往后一倒，身体又沉入床垫里。不，妮娜现在不需要看见我。她一点都不用看到我。没有人要看我。阳光照进窗户，我躺在一个四方的盒子里，用毕生的耐心在原地待着，一动不动。

过了一个小时，我差不多可以站起来了。我不知道为什么右腿突然又听我使唤了。我轻手轻脚地走出房间，溜到浴室里。然后我走进厨房，站在桌前愣愣地看着食物。最后我把吃的东西打包，然后清理了餐桌。我躺回床上思考接下去做什么，双手不停地给右腿做按摩，感觉它已经麻了。第二节还是安科－延森的课，这门课的作业我也没做。夜里的时候我是不是一直醒着躺在床上？是不是有哪几根神经搅在了一起？是因为这个原因所以我的脚残疾了吗？就这么简单？或许我只是睡得太少了？我伸展四肢，一定会好起来的，这麻麻的状态一定会过去的。我什么也不想和父亲说。他一定觉得我肯定能好起来，我不需要用这种扫兴的事情破坏他的好心情。

我一定是又睡着了。当我看到钟的时候，时间已经是十二点一刻了。午休已经结束了。我是发烧了吗？我摸了摸额头，应该没发烧。我努力把身体调直，现在好像容易些了。我放缓动作慢慢下床，这时候去上学已经没意义了。我头很痛，这真没有撒谎，母亲应该会给我写个假条补给学校。

突然我想起来忘记去取佩尔为我送修的靴子了。我摸索了一下书包的侧口袋，电车卡上还有八次旅程可以坐。这家运动商店离希尔科路上外婆以前的公寓很近。好多年没去那儿了。

上一年级后的那个冬天，我学会了看书。外婆是我的保姆，因为母亲和父亲都要上班。我和外婆睡在客厅的床垫上。那天早上刚过五点，印着《晚报》字样的报纸从门缝里露出半截。我醒了，拖着沉沉的步子走到门廊打开灯。我摇摇晃晃地走到门口，拉扯着厚厚的报纸，终于把报纸给抽出来了。报纸首页的顶端写着1961年2月25日一排字。下面是一张飘在空中的滑雪者的照片。不难看出，照片中的人在做跳跃姿势的时候，周围正下着大雪。我靠在门廊旁的鞋凳上，尝试阅读照片下配着的黑白标题。全部都是大写字，脑袋开始将一个个字连成词。"约瑟·斯利巴。"我慢吞吞地小声念道。外婆眯着眼睛朝我走过来，她的头上绑着一圈卷发器，这样能给她灰白的头发做出些卷度。我现在还记得裹在红色长裙里那精瘦贫瘠的小身板，那条裙子她穿了许多年。我用中指指着照片，"在乌博斯多夫以一百四十一米的成绩打破了世界纪录。"外婆高声念道。

"我的老天爷，他跳的距离比一艘货船还要长。"看来她受到了不小的震撼。

头疼还没好，看来去运动商店的事情要往后推一推了。我继续躺下，醒来的时候听见有人在转大门的锁。我乱叫了一声。房间的门被一把撞开，是母亲。

"你怎么了？"她有点担心我。

"我今天不太舒服。头疼。"

"希望你明天能好起来。"

过了一个小时，母亲端着晚饭走了进来。晚上她给我和父亲烤了葡萄干小面包。热烘烘的面包是我所知道最美味的食物。

　　第二天我感觉好一些了。起床后，父亲已经开车走了。我一个人吃的早餐。妈妈坐在客厅里。等消灭完早饭，我拿起外套准备换上。

　　"你去哪儿?"母亲问道。

　　"我去取修好的靴子。"

　　她沉默了片刻。

　　"你就这么过去吗?"

　　"那儿修东西不需要付钱，妈妈。佩尔认识那儿工作的人。祝你度过愉快的一天。"

　　我坐上蓝色电车前往希德豪根路。在那儿我换上另一辆车，前往希德豪根路和博格斯塔德路，用的是同一段车票。街上几乎都没有雪了。人行道上还剩下一些铺在地上的脏石子。电车轨道和人行道之间的鹅卵石又湿又滑。礼拜六了，电车的头尾都插满了小小的挪威国旗。这是属于侯门科伦的周末。今天早晨半座城市的人都会上山去看五十公里的越野滑雪。这件事不算什么。重要的是礼拜天举行的跳雪比赛。

　　我得在玛约斯图胡斯这儿换电车。在售酒超市隔壁的山姆森咖啡馆里，我只看见一个人坐在那儿喝咖啡。但是在斯莫彼得森那儿已经座无虚席了。大多数顾客都是戴着皮草帽的老太太，穿着貂皮大衣，拉着手推车到处转悠。

　　我等的车开往弗洛格奈广场和市政厅，换乘得有些迟了，好在电车还停在站上。当门就快关上的那一刻，我用力挤了上去。当电车沿着希尔科路行驶时，我的手还卡在门缝里。

"能不能稍稍开一下门？"我大叫道。

电车司机转过头看了看我。

"开一下啊！"一位蓄着胡子、戴着太阳眼镜的老头也大叫了起来，他挺热心的。

门开了，我甩了甩手。

"疼吗？"当电车的车轮驶过索尔克达路和教堂路交叉路口的三只熊喷泉时，司机关心地问我。

"不疼，是我的问题。我上车的时候有点神不守舍。"

司机从远处仔细地端详着我。

当我们经过外婆过去生活的地方时，我看见花园的外墙已经翻新成粉色了。是谁允许他们这么干的？我真宁愿没看到这一幕。电车停了下来，这儿离弗洛格奈公园不远，小的时候外婆会用手推车在那儿推着我走。我下车走到人行道上，人有些晃神。我绕了点路，不想看到那翻新的墙面。路面滑滑的，我像个老年人一样稍稍地瘸腿。我朝着弗洛格奈体育馆走去，就在到达中修恩大街时，我朝左边看过去。在灌木丛后面有几棵参天大树，中间立着一个雕像。铜像是一个穿着毛线衫迈开步子的溜冰运动员。他的脑袋上好像戴着头盖帽一类的东西。底座上固定着一个徽章。我盯着这个雕像看了很久，绕着它走了两圈，然后仔细深入地观察他荒诞的脸。他长着胡子。我朝底座走近，上面用石头刻着"奥斯卡·马西森"，然后就没有了。我试着摸了摸雕像冰冷的金属，用弯曲的手指敲了敲，就好像在听家里有没有人一样。

运动商店的女职员问我有没有带取货的小票。

"没有，"我回答，"不过是佩尔·斯特朗德送过来的。"

她看了我一会儿，突然眼睛里放出光，然后走进仓库房间，把靴子拿了出来。鞋子看上去很新，认识佩尔·斯特朗德就有这待遇。

侯门科伦比赛的礼拜天我起得很早，先检查一下天气。我把窗帘向两侧拉开。外面有些迷雾。高台的可见度怎么样有点难说。周六晚上的气象预报员预报今天无风，但至于有没有雾，他说没法做出准确的判断。我和父亲母亲三个人一起吃了早饭。父亲坚持认为要早点出门，这样能在贝瑟伍德找个好位子。当他在厨房里整理包袱的时候，母亲叫我去客厅。

"我们现在要出发了。"我说。

"当时，我怀上你的时候，那仿佛是我原本并不应得的一种福气。这种福气太大了，我都承受不了了。当我生下你以后，和你父亲说出这些话的时候他还有些生气。但这确实是我的内心感受。"

"我已经准备好了。"我听见父亲的喊声了。

"你想说什么，妈妈？"

"我不知道，"她说，"但我觉得人有时候是要释放自己情绪的。你没有这种感觉吗？"

"有啊妈妈，我当然有。"

我亲了一口她的脸颊，然后匆忙追上父亲，他早已开好了门。

"祝你开心，再见妈妈。"关上身后的大门时我大声地说了一句。

每年我都和父亲一起去看侯门科伦的比赛，就像圣诞夜一样，那也是我们的保留节目。在我学走路之前，我就跟着父亲去侯门科伦一起观赏全球最传奇的跳雪比赛了。我曾经看见德国的赫尔穆特·瑞克纳格尔在翱翔的过程中无畏地伸开双臂，看见日本的雪雄笠屋双臂后摆起跳，看到捷克斯洛伐克的跳雪名将吉里·拉斯卡，苏联的加里·纳帕科夫，他们和比约恩·威尔卡拉一样跳得很远。劳什·格里尼就不一样了，他发挥得不太稳定。我从来没见过格里尼戴着帽子跳雪。他竟然可以不戴帽子站在寒气的最顶端，等待裁判举起号角，吹响比赛的信号声。对德国的曼弗雷德·伍尔夫来说，侯门科伦似乎有些小了。这世界上没有人能比他跳得更远：他在南斯拉夫的普兰尼卡跳出一百六十五米的成绩，比侯门科伦的任何人都要多一倍不止。这位德国人在一次采访中说过，飘在空中的时候感觉就像是永恒，在这短暂的四秒钟里时间仿佛没有极限，那是他一生中记得最详细的一次跳雪，就像阿姆斯特朗记得他在月球迈出耸入星际的步伐一样。父亲和我按往常一样，我们喝着保温杯里的棕榈酒，吃着打包好的食物，把所有的橘子皮都剥好，一起分享黑巧克力，脚指头却冻得不行。我们聊着路德兄弟在最后四十米向前侧着身子，翱翔的时候挥舞着手臂的样子，这举动可把观众给吓坏了。我们还聊着芬兰跳雪奇才安提·西瓦林恩，他在最开始的五十米就把手臂往后摆，身体冲得更远。还有一九五七年，赫尔穆特·瑞克纳格尔对跳雪传统表达的不敬，在侯门科伦翱翔的时候，他在六十六个模糊不清的观众，这些自视为全球最专业的跳雪积极分子的人面前，全程一直向前伸直着双臂，像一条穿梭在空中的旗鱼。

尽管那几年里我有些腻烦父亲总是一个人反复唠叨这些事情，但这一次我却巴望着他和我唠叨。我把装棕榈酒的保温杯放下，问父亲：

"你能重复一遍吗？"

"你在逗我玩啊？"他问。

"怎么这么问？"

他认真地端详起我的脸，父亲的眉毛像灌木丛一样浓密。

"我只是觉得，每年我们来这儿回忆这些东西，感觉很好。"我说。

父亲不明白我的意思。

父亲和我讨论最多的是瑞士的瓦尔特·斯坦纳，他渴望成为跳雪运动员的心情比谁都要浓烈。我们俩都认同，他基本上是绷直着膝盖完成降落，拿到的技术分有些过高了。其实在接触降落缓冲区的时候他的膝盖应该稍微弯一些比较好。

我穿着靴子站着，脚踩在硬实的雪地里，心里告诉自己，这是我观看侯门科伦比赛，第一次不在意跳的长度和成绩，而把兴趣点全部放在实实在在的飘浮上。他们张开嘴巴，表情全神贯注。我喜欢他们勇往直前，他们的力量，还有滑雪裤和滑雪衫在空中震颤的样子。当风吹过来，原来我们几乎不费吹灰之力，就能拂过半空。我抬头看着荣誉栏。上面写着奥拉夫国王的名字，以及他每一次跳雪的长度，和每一个技术得分。

当比赛公布因格夫·莫尔克夺冠时，我们试图从上千个观众里最先离场，浩浩荡荡的人群在侯门科伦山坡上蜂拥而下，去往中斯图恩车站。要登上第一批开往市中心的电车，这战斗往往很艰难。过了几米远，父亲走在我前头。然后他就消失在人群中了，我被前前后后的人群推搡着走下了侯门科伦路。当我终于抵达车站的时候，我其实没想过他会在那儿。

"你来了啊，我刚才被人流拉扯走了。现在我估计妈妈在等我们开饭呢。"父亲说。

15

当我和父亲终于登上电车往市中心方向去后，所有的座位都坐满了人。我站在原地，紧握着扶手杆，看见父亲正被人靠墙压着。他面前站着一个年轻人。我朝窗外看着经过的杉树，不禁发现枝条上竟然已经没有雪了。电车嘶嘶地摩擦着轨道，摇晃着往山坡下开。我很喜欢欣赏奥斯陆峡湾的景色。峡湾两旁的山坡被河流轻轻地冲刷激起浪花，再过两个月，山坡不再是灰色而是绿色。

我忽然想起了萨鲁蒙·奥古斯特·安德烈。难道他们踏上那命悬一线的旅途，都只是安德烈的过错吗？斯特林堡和弗兰克尔自己也有责任，他们是自愿的，都是成年人了。他们俩不能把所有的过错都怪在安德烈头上吧？或许他们仨都觉得如果不去，会一辈子被人当成胆小鬼记着吧？

在前往玛约斯图恩车站的路上，我们经过了几栋豪华的瑞士别墅和滑雪的功能屋。我在想如果我能多写一段关于安德烈的段落，那我的作文分数能更高一些。

在我们穿过乌勒瓦尔路之前，我们来到了圣奥拉夫大街的最高点，冬日的夜晚，我在那里听见了蓝色电车呼呼滑过轨道的声音。外面停着的车并不多。铁轮和轨道以及嘎吱驶过的车厢间发出的摩擦噪音蜿蜒地穿过街道，朝我的方向传来。这两节车厢看上去像是玻璃和铁做的胸膛，还发着光。在黑暗的轨道中，窗户里的人们张开嘴巴，眼睛淡淡地掠过，互相指着冬日外套，挡着彼此的身体。父亲为什么走这么快？看来他一定是饿坏了，沉浸在自己的思想中无法自拔了。

阳光刺到眼睛，我大声吼了一句：

"等等我。"

他转过来看我，停下了脚步。我一赶上他，就停下来休息。我还没来得及喘口气，他就开始继续往前走。我幻想着周日的晚餐是什么样的。已经很久没有这么饿了。晚饭应该是烧排骨、土豆和蔬菜。上楼的时候，我开始嗅到了牛排酱的味道。我还没有头绪，突然父亲跑上楼梯，急忙打开门锁，和往常按门铃的做法不一样。

"在这儿等一会儿。"他大声说完，就去开门了。

"涂丽德。"他大喊着。

没人应声。我的双脚感觉像是用蜡做的。父亲冲进卧室里，他找不到母亲。厨房里也没有，我可以从门廊看到里面。

"妈妈？"我小声地问。

父亲打开浴室的大门。她也不在。他跑过我身边，冲进客厅。在那儿，母亲躺在餐桌下面。她的头朝着门廊，脸色惨白，眼睛闭着。身边的地板上还躺着地球仪。她身上的裙子和衬衫都还是整整齐齐的。脸上的妆容看上去像是刚刚化好的样子。

父亲迅速躬身来到她的侧边，把一根手指放在她喉咙旁，然后大叫：

"去拿桶水来。"

我走进厨房，一把捞起水槽旁的塑料桶，然后冲到父亲面前。

"她还活着吗?"我呻吟了一句。

"不知道。"

父亲的脸色变得和母亲一样刷白刷白的。

突然她动了一下，开始呕吐。

"拿块抹布，弄湿一点!"

我刚回来，他就把抹布从我手里扯过去，弯下腰看着母亲。他一边撩开她额头上的头发，一边用抹布轻轻地擦着她的眼周、额头、脸颊和头颈。在我的印象里，我过去从未见过父亲的眼睛里有眼泪打转。他用左手扶住母亲，用右手一直抚摩母亲的身体。父亲抚摩的动作十分温柔，亲密的样子让我害羞得闭上了眼睛。当她第二次呕吐的时候，我睁开眼。

父亲把母亲身上呕吐的东西擦干净。我能听见她的呼吸声。她还活着。

"噢，谢天谢地。亲爱的。"他在她耳边低声说道。

父亲开始亲吻起母亲。刘海荡在额头上。他用手捧起她的脸颊、头颈和肩膀。我能感觉到，如果母亲想的话，她是可以睁开眼睛的。但她的脸色仍旧煞白。看着母亲眼睑收缩出的细缝，我觉得她是知道我们在说什么的。忽然她从父亲的手里挣脱开，身体趴在地上，脸贴着地毯。

她是睁开眼了吗？父亲看了我一眼，然后又把头转向母亲。他注视着母亲，缓缓地把她的身体翻过来。最后她又恢复成侧躺，睁开了眼。

"太好了。"父亲说。

母亲尖叫了起来。听声音她像是被刀捅穿身子一般。她没有哭，只是尖叫，并指着某个我和父亲看不见的东西。终于她安静了下来。父亲扶她站起来。我走到一边，当他们经过我身边时，母亲摸了摸我的头发。父亲把母亲带进卧室，然后让她躺下。他先把自己的枕头放在母亲的枕头上，再轻柔地把她推向枕头上。我站在门槛边。

"待在这儿。"他经过我身边的时候对我说道。

我听见父亲拎起门把手后，拨了一个电话号码。母亲闭上了眼睛。

"过来。"她一边说一边伸出手。

她的手好冰。我能听见父亲讲电话的声音。

"我不知道怎么会这样。"母亲说。

"什么？"我轻声嘀咕道。

她把头转过一侧，面向墙壁，用力闭着眼睛。

父亲再次回到卧室中。

"或许现在我单独陪妈妈一会儿更好。"他说。

我努力朝母亲挤出一个微笑，然后走进客厅，关上身后的房门。

毋庸置疑，我有着全世界最好的父母，但是在这中间我又有多少存在感呢？他们像是看不见在自己肚子下走路挠抓的小象的大象。在客厅的窗户外，一片不寻常的雪花落了下来。我在玻璃窗的中央照镜子。这张脸上写了我的名字，他的内心一定住着我。这是一张在出生时剪掉脐带会尖叫、下巴上长有胎记、身长五十二厘米、体重达三千一百五十克、脑袋上有少许毛发、属于涂丽德和奥拓的男孩的脸。想起十四岁年纪的是我。他昏厥的那一年，根据记忆判断，一定是他满五岁的时候。当他睡着，我一定会做有关他的梦，每次他做噩梦，我都会把他叫醒。

灰蒙蒙的云朵朝北方驶去，我注视着窗外的雪花片。一摞摞的雪晶朝着窗户来回飘荡。它们轻如无根无源的思绪。雪晶互相渗透过滤。一旦碰到窗户，立即就变得如邪念一般沉重。我的眼睛跟随着雪晶化成的水珠，慢慢滴落在窗台上。

公寓里静悄悄的。

即使在班级里的时候，我坐在特隆德和伊万中间，我仍旧是一个人。即便当我说话，或是倾听别人，凝视他们的眼睛，甚至是坐在母亲父亲中间的餐桌旁时，我始终是一个人。

父亲打开客厅的门。

"你在自言自语吗？"

我摇了摇头。

他走进厨房，拿了几片面包，涂好黄油，又倒了一杯牛奶，然后走回卧室，把门一并顺上。他彻底忘记问我是否饿肚子这一茬了。没关系。但他怎么就能吃得下去呢？

我打开收音机，里面在放天气预报。我关上机器，钻进房间里，把自己放倒在床上。我盯着天花板看，记得挪威语课的老师曾经引用亨利·易卜生的一句话。在我第一次听见这句话的时候，我觉得他写得真好："事实是这样的，你发现没，世界上最强的男人，他却是过得最孤独的一个人。"现在我觉得，一个真正孤独的人是写不出这样的话的。易卜生是个傻子，他只是喜欢虚张声势。这时我听见客厅墙上的挂钟敲了八下。我没有尖叫，根本没有人会想听见我的声音。我也没有刻意躲避任何人。我在这吃着灰尘，假装一副酒足饭饱的样子。

明天我要打电话给朗格医生。我打算向他摊牌。他应该知道一切。他想要我说什么呢？他想听我说，我从不后悔选择跳雪。那是我一生中做过最重要的决定。墙上的钟又敲了一下。八点半了。我起床后，走到父亲和母亲的房里。

"我现在好点了。"母亲的声音很低沉。

父亲在她耳边悄悄说了几句话，我听不清楚是什么内容。

"回答啊，"他又提高了嗓门，"你听不见我说的吗？"

门铃响了。父亲看了看我。

"去开门让他们进来。"

我走到大门口。

"是他们吗？"我感到很惊讶。

"你父亲让我们过来帮个小忙。"是邻居伊万森。

他和伊万森太太走进门廊。

"是父亲打电话叫你们来的吗？"

"没错，我们想的是你可以到我们这儿来，我可以烤点华夫饼，泡杯热可可，然后边吃边看体育台。"伊万森太太一边说一边用柔和的目光看着我。

"就按照伊万森太太说的去吧。"父亲从卧室里对着外面大声嚷道。

"那样就太好了。"我回答道。

伊万森先生脱下鞋子，经过我身边，然后走到母亲和父亲的卧室里。

"那我们走吧。"伊万森太太说完，便走到玄关的地板上。我跟在后头，回头偷偷瞟了几眼。

"但是，你丈夫他……"

"你爸爸之前问罗尔是否能给他帮忙。"伊万森太太打断了我的疑问。

我停下脚步愣在原地，她把脸转向我。

有什么事情是伊万森先生能帮到父亲而我却不能的呢？

伊万森太太打开门。

以前我去他们家待过几次。屋子里飘着绿肥皂、新鲜出炉的面包还有烟草的香味，伊万森先生几乎一刻不停地在抽烟。

"我和罗尔都觉得把你接来家里坐一会是件令人感到愉快的事情。"

她的脸部表情告诉我，她心底真是这么想的。

"谢谢。"我说。

"去客厅开电视机，《大话体育》很快就要开始了。"

我看了眼手表。

"再过五分钟。"

"那你先坐下，先吃点三明治垫垫肚子，然后我去烤华夫饼。"

"你真好。"我回了一句。

"招待好邻居可是很重要的。"

我坐在客厅的摇椅上，打开电视机。

"你喜欢摇椅吗？"伊万森太太的嗓门从厨房里传出来。"坐着很舒服。"我回答她。

我一边坐在摇椅上前后摇晃，一边看着出现在屏幕里《大话体育》的片头，熟悉的音调从电视里向我飘来。过了几分钟，伊万森太太端着装了三明治和一杯热可可的盘子走了过来。

"哇，谢谢你。"我一边说，一边开怀地露出笑容。

我喝完可可后，把杯子放在桌子上。我能闻到厨房里新鲜烤制的华夫饼的香味。突然，我听见有人在大街上大吼大叫。我把光了的盘子放在地上，朝窗户走了两步路。伊万森太太什么也没听见，她关着厨房的门，不让牛排酱的味道窜进客厅里。我把窗帘拨到一边。公寓楼的大门外停着一辆车。

我看见街灯下有一名男子，我猜他应该是救护车的司机。除他之外，伊万森先生、父亲和母亲都站在那儿。父亲试图捂住母亲的嘴巴。她在吼叫什么？又重复了一遍。我听得见她在叫唤什么。她的脑袋不停朝左右甩，嘴里尖叫着我的名字。

"华夫饼马上就要烤好了。"厨房里传来这句话。

听见伊万森太太的声音后，我缓缓地转过头。

"好。"说完，我再次把目光聚焦在窗外。

我抓着窗户的把手，我想喊他们。我想对妈妈说点话。真希望他们能听听母亲说的。他们在干吗？妈妈为什么不想上车？她究竟怎么了？伊万森夫妇知道的内情比我多，即使他们根本不算爸爸妈妈的朋友。

我现在差不多长大了。他们带走的是妈妈。我难道不是爸爸妈妈的朋友吗?

我能感受到窗把手上的寒意。我转动开金属把手,给窗户打开一丝缝隙。她还在吼叫着。我能清楚地听见母亲大声的叫喊。但我没有回应她。

司机用力把父亲推到一边,抓住母亲把她从车的后门塞了进去。父亲爬上了车。伊万森先生站在车外。这下我再也听不见母亲的声音了。救护车的警报灯没有拉响,慢慢地消失在我的视线里。

"柔软的后背。"我一边呢喃一边挠着自己的手臂。

伊万森精疲力竭地站在原地,扭了扭脖子。他灰白的头发像是长在冰雪周围的花环。他望着朝比约嘉德大街飞驰而去的救护车,然后抬起头往窗户这儿看。幸好我及时躲在了窗帘背后。

我听见伊万森太太的脚步声正慢慢逼近厨房的门,我小心翼翼地关上窗,迅速回到摇椅的位置上。

"《大话体育》还没结束是吗?"伊万森太太端着装有一沓华夫饼和一碗果酱的托盘走进客厅,她一边走一边对我提问。

"还没有。"我回答。

"那吃点华夫饼挺好的?"

"恩,那是必须的。"我嘟嚷道。

"还热着。给你一碗多味果酱。罗尔自己摘来的果子。不要客气。"

"啊,非常感谢。"

我的声音听上去有点粗鲁和生硬。

当我吃完五块心形华夫饼时，伊万森先生走进了客厅。他一言不发地看着我。难道刚才他看见我躲在窗帘后面了吗？

"华夫饼好吃吗？"他终于开口了。

"嗯，"我一边回答一边点头，"你的椅子好棒。"

我摇晃的力道比自己原本想的要厉害一些。

伊万森先生从我身边经过走进厨房。他捎上门。但我能听见他和妻子说话的声音。我吃不下了。于是我只好呆呆地直视着电视屏幕。《大话体育》节目结束了。屏幕是一个四边形，里面有画面在动。画面里出现了一个女人，她笑了笑然后消失了。三个全大写的单词从电视机屏幕下方滑过。屏幕上有两个人在聊天。四边形里的画面颜色是黑白的。堆着华夫饼的盘子几乎满得不留一点空白。碗里的果酱估计已被伊万森夫妇储藏多年。瓷碗上画着天鹅，头部以下全都被果酱盖住。

门开了，伊万森太太走到我跟前：

"你不再吃点华夫饼了吗？"

"那个……"

"不好吃吗？"她打断了我的回答。

"好吃。但是我可能吃面包的时候速度太快了点。"

"那可惜了。"

伊万森先生出现在门廊上。

"我估计我可能要吃点华夫饼了。"

他吃了几块心形华夫饼，吞下肚子后说：

"有点事情我得告诉你。"他的语气格外严肃。

他的脸上慢慢浮现出受折磨的表情。

"你愿意今天待在我们这儿吗?"伊万森先生问。

他清了清喉咙。

"我来告诉你发生了什么事情吧。"他继续说道。

"你的话是什么意思?"我的声音很低。

"你父亲要去医院陪护你母亲。"

"你愿意住在这里太好了。"伊万森太太突然插了一句。

"他还没回答是不是要留下来。"伊万森说。

"我愿意在这儿过夜。"

"好呀,"她说,"那我在客厅的沙发上给你铺床。"

"谢谢。"

"你需不需要取点洗漱用品啥的?"伊万森先生一边说,一边把家里的钥匙递给我。

我点点头站起身,回到家我把门锁起来。客厅的门关着。我打开门,餐桌旁的几张椅子被翻了过来。沙发上的靠垫被粗暴地扔在地板上。门廊衣帽架上通常挂着一件睡袍和一件外套,可现在被狠狠地摔在地上。我迅速走进卧室,把我的睡衣挑出来,然后走到浴室把牙膏牙刷都带上。我家的公寓一直都很干净整洁,母亲不乐意看见家乱糟糟的。我抓紧速度,匆忙地把一切东西归位。

16

我穿过走道来到伊万森的家，门开着。客厅的沙发可以翻折，现在已经为我铺好了床。电视机关了。伊万森先生在等我。他太太已经去浴室里洗漱了。

"等会儿你就可以去洗漱了。找到需要的东西了吗?"

我朝手里拿着的洗漱用品和睡衣点了点头。客厅里只有我睡的沙发旁的铁质台灯亮着。当我在浴室洗漱完毕后，我让自己躺倒，然后关上灯。这时候我听见门廊的电话铃响了起来。没过多久，客厅外传来敲门声。是伊万森太太。

"我代表罗尔过来和你说声晚安。他说你父亲今天夜里或是明天早上会回来的。没别的了，晚安。"

我试图慢慢入眠。当整栋公寓一片静谧时，我走下床，站在之前藏身的窗帘前望着窗外。屋外也一样的悄无声息。我能看见地上的车辙辘痕迹，是停在马路牙子一半的那辆救护车留下来的。然后我躺回沙发上。

为什么我没有大声回应母亲的呼喊呢? 可怜虫，我轻声对自己说道。混蛋，两个字。犹大，也是两个字。可怜虫，一共三个字。胆小鬼，还是三个字。忘恩负义，四个字。没用的东西，五个字。靠不住的家伙，六个字。胆小如鼠的叛徒，七个字。我的呼吸声很重。有没有一个词、一种声音或是尖叫声，能包含一千个相同的字呢？我这种人就应该在头皮上烙下这个词，这个世界上最长的词。我应该去剃光头，这样上面的字就看得到了。我当时应该举起手。手和手指的力气足够开窗，而且还能开得很大。我有嘴巴、舌头、喉咙、声线和完整的两个肺。我什么都看见了。她叫的人名是我。所以我应该回应她的。

我的中指正抠着右手的皮肤，但自己没注意。街道的光线从窗帘缝里投射进来。我抬起右手。鲜血沿着手腕滴下来。房间里距离窗户最远的东西，被吞噬在黑暗里。条纹状的光线打在枕头上，随即马上消失在餐桌的前方，令我几乎看不清桌子的轮廓。我把手放下，将袖子拉到伤口的地方，然后把用棉质的布料按压着出血的地方，直到血液慢慢结痂。

醒来以后，我用手肘支撑自己站起来。我刚才听见什么了吗？那肯定是伊万森太太的声音。好像声音就是从客厅门外传来的。条纹状的光线歪歪扭扭地照在我的膝盖上。睡衣的袖子上多了一个很大的黑色斑点。声音没了。她是走进厨房去了吗？现在是早晨了吗？我用手够到窗帘，把它拉到旁边。往视野的最高处看，天空静静地抹上粉蓝色调，像天鹅绒一般飘扬着。

门开了，天花板的灯也打开了。我转过身。是父亲。他穿着外套站在那儿。伊万森夫妇站在他身后，他们探着头，越过父亲的肩膀望着我。伊万森太太笑着对我挥了挥手。

"他在这儿住真是太好了，下次一定要再来。"她一边说一边转头看着父亲。

"谢谢你们这么客气地招待，"父亲说道，"你们真是太善良了。"

伊万森先生点了点头，一边盯着我看一边塞着烟草。

"你睡了那么久，我已经把早餐和带去学校的早午餐饭盒弄好了。"伊万森太太对我说话的时候又露出了微笑。

"还有四十分钟就要上课了，路上还要点时间，你现在赶紧换衣服，早饭带在路上吃。"父亲说完便关上了门。

我站起来的时候不得不小心点。我先尝试把身子转过去，可惜没用，整个人还是躺着一动不动。他们在外面聊天。难不成是站在门外等我？距离第一节课的铃声响起不是还有四十分钟嘛。我的时间还不算太紧。膝盖估计站不直，这感觉像是只有起重机、电梯或是靠神父的祷告才能把它抬起来。

有人敲了敲门。

"你得快点。"

是父亲。他的脚步声又消失了。看来一定是找另外两个人说话去了。

"他很快回来。"我听见伊万森先生在门外嘀咕了几句。

我一定能站起来的，我可不喜欢远离学校的滋味。我扭扭头，没问题。手肘也能抬得起来，碰碰上臂，上半身也完全正常。我的左手能帮助左脚抬到正确位置。我让身体跌跌撞撞地离开沙发，一屁股坐到地上，然后四肢放在地板上撑起身体，随后抓起门把手，让自己慢慢抬起到站立的姿势。左脚终于能正常的弯曲和直立了。但是两条腿都在打哆嗦。

尤其是右腿。这时候我又听见了敲门声。

"还有三十五分钟就要打上课铃了。"父亲大声对我喊道。

"我在弄。"我回应了一句。

我的身体就像在暴风雨中摇曳的无线电桅杆。我摸了摸两条腿，检查膝盖是否能让我保持站立。我试着向前迈出一步，背部没有任何支撑地站立着。继续，再走一步。很好，我学会走路了。

我穿着蓝色的毛衣在地板上蹒跚地走着，最后身体向前一冲，倒在了沙发背上。我的双臂及时伸出，双手抓住了沙发靠背。我的脚还是垂直的模样，上半身靠手臂和手撑着。我用手臂将自己的身体翻转过来，慢慢站好，然后向前跨了两小步。我用双手将上半身扶直。我可以坐在沙发旁边的椅子上，然后把衣服穿好，但裤子例外。我再次站起身，努力靠着左腿借力，让右腿站立，但左脚一抬，我就开始摇晃，随即倒了下来。好在我能爬回到椅子上，恢复刚才坐着的姿势。我只好坐在椅子上把裤脚管一个一个套上去。靠着沙发椅背的帮助，我把裤子全都套上，然后草草地把裤子的纽扣扣好。我卷起袖子，努力把背掰直。接着我打开门，缓慢地拿着洗漱包移动到浴室里。伊万森太太在洗脸盆前面的凳子上给我放好了毛巾。我锁上门，看着水龙头上的椭圆形镜子。

大人们在厨房里聊天，隔着门听不太清，他们一边聊一边喝着咖啡。父亲看到我之后，离开了餐桌。

"时间来不及了！你的外套和书包我都收拾好了。"

"你可别忘记午餐盒了，小伙子。"伊万森先生拿着我的午餐盒走出来对我说道。

我接过午餐盒向他说了声谢谢。

"好了，我们走了，"父亲对我说，"再见了，再次谢谢你们。没有好邻居，我该怎么办啊。"

说完话父亲把我们身后的门关上。

"我，"下楼的时候，他一边说一边看着手表，"我必须半小时内赶到商店。"我跟在父亲身后，隔着一步的距离。他打开公寓楼的大门。冷空气向我们袭来。天空的顶端有一条粉色的边缘线，看样子快要与蓝色融为一体。天空里有雪吗？一眨眼的工夫我和父亲就要分道扬镳了。他要朝右走，把欧宝汽车的防水油布撤了。而我则得以最快的速度赶到学校去。

"我们晚点见，我会买点东西做晚饭。你想吃什么？"

"妈妈在哪儿？"

难道他还希望我不问吗？他真的认为，他可以在商店里定定心心地思考怎么向我解释昨天发生的一切吗？雾气开始在我们中间升腾。我注视着他。他眨了几次眼。

"老实告诉我。"我有点逼问的感觉。

"当然啊，我什么时候不老实告诉你？"

"那你回答我。"

就算这会儿有人经过听见我们的对话，我也不在意。

"她在医院里。"

"我看见你们了？"

"你说什么？"

他的眼神变得有些不淡定了。

"你捂着妈妈的嘴巴，对不对？我全都看见了。"

"她在乱叫，这样会把别人吵醒的。难道你希望看到妈妈在这栋楼里被人说闲话吗？"他说话的时候朝身后指了指。

"被说成疯子、疯女人？你是想伤害你的妈妈吗？"

"你把她推进救护车里的。"

"她在家会伤害自己的。"父亲辩解道。

"你至少应该和她聊聊吧？昨天晚上我被叫去伊万森家的时候，她很平静。你说的什么，让她变得这么……"我盘算着该说什么词语比较贴切。

"不正常？"

"等我晚上回家再聊。现在先走了。"

父亲朝着停车的方向走了两步，然后又转过身来。他会不会怀疑我跟踪他？如果我这样憋着问题，心情低落的话，他会不会怀疑我？我站在他面前。

"我没必要现在回答，但既然你想知道，那我就告诉你，但是你必须用成年人的心智来面对这件事。你明白我的意思吗？"

"告诉我真相。"

"她昨天夜里挺平静的，并让我代她问候你。"

我愿意相信他说的话。

"说一下医院的名字。"

"高斯塔德。"

"她疯了吗?"我对这个回答无比惊骇。

我闭上眼睛,在我认识的人中,包括亲戚朋友和同学,没有一个去高斯塔德医院看过病。一个也没有。

"她去那里检查。"

"所以她尖叫还有拼命反抗,就是因为你所说的,她不想去高斯塔德吗?"

他露出一副想离开的表情。我扯住他厚实的灰色冬季外套。

"看上去确实如此,不是吗?"

他双眼慢慢朝下看去,然后点了点头。

"我想去看她。"

"我很理解你的心情。"

"我能吃过晚饭之后去看她吗?"

他看了眼手表。

"你没意识到自己上学要迟到了吗?"

"我今天去看她,能还是不能? ?"

"妈妈和医生希望你能过几天再去。"

"你怎么知道?"

"她自己说的。"

我没有继续说下去。看着父亲,他胡子也没有刮。以前每天早晨他都会精心修理一下自己的胡茬。每个周一,他都会把剃须刀上的旧刀片卸下来,放在洗脸盆的旁边,然后替换上新的刀片。装完新的刀片后,他会用放在门廊修表工具盒里的剪刀把旧刀片剪断,那把剪刀十分耐用。

接着再把旧刀片放在空的葡萄干盒或是其他小盒子里，上班前扔到门外的楼道垃圾筒里。但是我之前就告诉过他，我已经长大了，不会再用剃须刀片切东西，或者拿它当玩具耍了。

17

我的腿脚开始发冷。父亲站在原地，看上去似乎想告诉我什么，但是终究什么都没说。他现在本应该到商店里开门了。

"如果你白天有什么事情想问，就给我打电话。"

"想问什么事情。"我重复着他的话。

"如果你有什么担心的。"

"那我该干什么，爸爸？"

"我现在第一位的就是要好好照顾妈妈。"

"医院难道不照顾她吗？"

"她还是要回家的，这你明白吧。"

"你觉得我们养条狗，比如大雪纳瑞或者牧羊犬，或者金毛猎犬怎么样，"我开始提要求，"你记得外婆吗，她住院的时候说过我应该养条狗？"

"这想法还不太成熟。"

"我没有兄弟姐妹。"

"这儿的院子不太像是能允许狗狗活动的地方。"

"我和这儿的管理员说过。"

父亲捋了捋头发。

"他怎么说?"

"这儿没有写着不准在院子里养狗的规定。"

"你晓不晓得养狗要费很多钱?"

"我自己存的钱足够买牧羊犬了。而且我现在大了,完全可以管理一条狗。如果我用自己所有的积蓄买狗,那说明我不是买着玩的。"

他的眼睛正尖锐地打量着我。

"妈妈对狗毛过敏。"

他直直地看着我。

"我以前从来没听说过这事。"

"以前也没什么相关的,不需要说出来。"

"那猫咪呢?"

"猫咪也有毛。"

"那么乌龟呢?"

"她对动物过敏。"父亲提高了嗓门。

"这我以前从来没听过。"

家里客厅的墙壁上挂着一张黑白照片,那是父亲和母亲婚礼后坐在教堂长椅上拍的。那时候,父亲的脸庞要比现在瘦削一些。我想,他们应该是在一九五七年结婚的,坐在卑尔根圣玛丽教堂的前面。我应不应该该提醒他还有拳师狗?他会明白我的意思吗?

"爸爸……"

我犹豫了几秒钟。

"……能让我养苍蝇吗?"

他沉默了。

"就夏天。"我补充了一句。

"随你便,"父亲说,"你有家里钥匙吗?"

我点点头然后朝学校走去,欧宝汽车发动的声音从我背后传来。很快汽车就驶出了乌尔兰大街,声音也渐渐消失了。没走几步路我突然意识到我还不能去学校,我得先去看望母亲。

所有奥斯陆的孩子都会唱这句:"高斯塔德医院的围栏里有个洞。"过去当学校有人做了什么我们觉得奇怪的举动时,大家就会这么唱。要是妮娜和班级里的其他人知道我妈妈在高斯塔德怎么办?时间还没到九点半。如果我现在走去高斯塔德,他们或许不会让我进去。他们会觉得我应该在上学。我必须等到上学时间过了再去。那我这中间的时间应该干吗呢?我不能回家。伊万森他们会发现我的。我犹豫地迈着步子,慢慢朝市中心走去。他们会让我进去看望她吗?她会对我说什么?父亲说过她现在不能接受探视。我不信他的话。她肯定是想见我的。怎么会不想呢?我开始想象自己坐在她的床边,和她聊聊最近发生什么的画面。我要告诉她,我看见他们对她做了什么,我也听见她在叫唤着我的名字,当时我就站在窗户和窗帘的后面。我想抚摸她的后背,请求她的原谅。

在弗雷登伯格路和多普斯大街的路口站着一条个头很大的牧羊犬。这条牧羊犬要是养在公寓里估计太大了。它在闻我的裤脚管。我弯下腰,看看它长长的黑金色毛发下是否有项圈。竟然没有。当我的手指刚碰到它的毛发时，它便开始向我靠近。一开始是头凑近我，接着是肩膀和它湿漉漉的毛。它是用自己的嘴巴把毛舔湿的。它的大眼睛炯炯有神，散发着光芒。这条狗不会乱叫，也不会眯眼看人，难道是它不会叫？它的毛发很亮，体格看起来也不纤瘦。无论怎么看，都没有被虐待或是从家里逃出来的迹象。它是从哪里来的呢？看上去似乎是在夜里跑出来的，当它看到我的时候，它明白了自己的归属。我开始走起路来，然后停下来转过身。它也跟着我，顿时停了下来，然后抬头看着我，摇了摇头。这动作它重复了好几遍。当它摇第四次头的时候，我蹲了下来。

"回家吧。"我说。

牧羊犬站在原地。

"你应该找养你的人，回那儿去。"我又说了一遍。

狗坐了下来。它吐出粉色的舌头，耷拉在下巴上，然后继续摇头摆尾，眼睛淡淡地闪着光。

"走开！"我大叫道。

它坐在地上，用爪子挠着自己。

我转过身，以最快的速度朝约斯特堡走去。这只四条腿的动物就跟在我正后方。当我转过头看它，它会眍着眼睛抬头看我，然后再慢慢低下头，看着自己的爪子，杵在结冰的路面上。

正当我要过马路时，这条狗走到了我的身侧。它突然拖起脚步，径直朝着一家我以前没注意到的肉店跑去，然后嘴里叼着一串香肠又走了出来，香肠就挂在下巴上左右晃荡。它冲我跑过来，和我平行时，立马降低速度。

"你在干什么？"我冲着它吼起来。

过了几秒钟我才意识到，肉店的大叔冲过来要逮我。

"你要付钱！你这混蛋小东西，把它训练好了，你就不用自己偷东西了对吧！"

"这不是我的狗。"

"这种话我以前也听过。这狗不是第一次过来了。前两次它是自己过来的。"

"我们家的院子根本都没法养狗。"我说。

肉店的大叔用力抓着我。牧羊犬在我面前以迅雷不及掩耳之势把香肠给吞进肚子里了。我从大叔强壮有力的手掌中挣脱出来，然后扑向人行道，把还未被这条贪婪的狗吃进肚子的香肠抢下来。很快，这条狗便摇着尾巴朝我走来。香肠丢了。大叔拎着我的右耳朵，把我拽直，然后拖进肉店里。柜台后面站着一位女士。

"看我抓到了啥，艾尔娜。"

"小偷，是他带着狗吗？"

"肯定啊。但是他假装自己不知道，不认账。真是个混球，这小家伙。"

透过写着"鱼肉和生肉"字样的玻璃，我能看见牧羊犬早就躺在了结冰的地上，舔着自己的嘴唇。艾尔娜是个体格强健的女人，块头很大，红色头发藏在白色的系带童帽下。

"这一回，你至少要把钱付了。"她大声对我吼了一句，声音里透露着情不自禁的喜悦，有种终于抓到了坏蛋的感觉。

"我连一个硬币也没有。我说的是真的！"

他们俩露出意料之中的表情对视了一眼。

肉店大叔咧嘴笑了一下，伸直右手臂靠在柜台上抓着我的夹克。

"你父母住在哪里？如果你不说出他们的姓名，我就打电话报警了！我要讨回我的钱。"

我看着窗外，发现那条牧羊犬已经走了。

"我和我妈妈住在一起。"

我把她的姓名和电话报了出来，他们怀疑地打量着我。

"你们应该有黄页本的吧，那上面可以查到我说的是不是符合事实。"

他们看起来有些不太淡定了。

"查一下。"我试图用一种不屈不挠的语气和他们说话。

肉店大叔向红头发的女人挥了挥手，她立马走到后面的储藏间去了。

"哦哟，你妈妈的名字在这儿。"翻了一会儿黄页之后她对我说道。

"那很好，孩子。你可以打电话了，艾尔娜。"

她拨下了号码。

"没人接听。你妈妈在哪儿？"

"她在高斯塔德。"

他的嘴角微微上扬。这个微笑让他看起来似乎有些不适。

"我最近都听说了。现在的年轻人变得越来越无法无天了。"

他用右手一把拉住我的夹克，然后左手握住我的皮带。他老婆开门的时候，触发了门上的铃铛。走两步就可以跨到人行道上。我像一袋土豆似的被扔到了大街上，整个人横过来落在地上。

"我们会寄账单来的，一定。"他一边大吼大叫一边拍了拍手，仿佛要把人撕成碎片的模样。我尝试站起身来，把脸对准他的方向。

"你的动作像是条疯狗。"我朝他叫喊了一句。

"闭嘴。"他又吠了。

我慢慢起身站立。我才不会让他们看见我抱怨的样子。

我迈着小碎步朝约斯特堡走去。牧羊犬不见了。我累了。走路的时候，右腿开始渐渐向地面下坠。下肢的肌肉没法支撑了。走了几米远，左脚也开始出现同样的状况。

我坐在站厅里的长凳上，把背包放在身旁，然后掏出伊万森太太抹过黄油的午餐，朝周围看了一圈。现在先把体力恢复了，过几个小时再去看望妈妈比较好。

一位老大爷背着个皮包，他在我面前驻足停留下来。他从裤子口袋里摸出烟管，然后从衣服口袋里拿出一个皮质的小袋子，掏出烟草把烟管塞得满满的。眼睛一直向上瞥着站台时间牌。烟管有些发黄，那是一支玉米芯一般粗的烟管，烟管很直，像是船长常用的那种。这位大爷把包夹在腿中间，然后慌乱暴躁地把衣服所有口袋都翻了个遍。最后他找到了，他的目光在盒子、火柴和站台时间牌上来回游移。划了四次，他终于点着了火，烟雾慢慢升腾起来，像小小的船帆一般。走了两步路之后，他开始跑起来。他把烟管从嘴里抽出来，迅速掩在衣服口袋里。没过多久，烟雾升起来了。我站起来大叫：

"你忘记把烟给灭了。"

他听不见我的声音。没人注意到我在干什么。我坐下来。坚信礼课上的牧师一直教导我们，他说这地球上的火是由上帝创造的，他是为我们人类谋福。而地狱之火，是上帝用来惩罚有罪之人而创造的火。我以前想到过一个问题，如果靡菲斯特烧不坏美国为宇航员发明的新型防火布料会怎么样。牧师看了我很久，然后回答我说，不管人类制造出什么样的东西，地狱之火会烧穿一切，因为撒旦会不断增加火力，来对抗人类的这些伎俩。然后他提醒我们，那些对父母撒谎或是对上帝不忠的人就会承受地狱之火的痛苦。

他还很激动地和我们说，火烧的速度就如火柴棒一般，烧成焦炭只需要一眨眼，任谁都逃脱不了。牧师抽出一根火柴，然后点上。他问大家有谁敢把手指放在火焰上。我自告奋勇试了一下。"地狱的火要比这烫一百倍。"他说话的时候，用近乎痛苦挣扎的表情看着我们，声音却很平静。如果这是真的，或者差不多是真的会怎么样？这就是他为什么要让我的手指一直放在火柴上的原因吗？太坏了。

我周围的所有人都一副行色匆匆的模样，每个人都沉浸在自己的世界中。大多数人走路的目的性都很明确，大步向前地迈着。还有些人会在拱形柱下稍显迟疑地在火车旁来回奔走。我利用这段时间首先把午饭吃完了，其次顺手读了课本，然后再观察了一些穿着奇装异服的人，最后还得空扫了一眼售票窗口和小杂货亭。我看到人们在四号轨道的卑尔根火车前拥抱送别。

长椅旁的垃圾桶里放着最新一期的《晚报》。我直接翻到体育版。上面写着一条小通知，今晚七点在侯门科伦会有青年选手的小型比赛。

他们真幸运！我抬起头看着站厅的大钟。已经三点半了。时间终于要到了，现在我可以看望母亲了吧。二十分钟前最后一节课的下课铃就响了。假如我现在出现，高斯塔德的人不会怀疑。再过两个半小时，父亲才回到家。我在书包盖子上插了电车卡和一些硬币。我想起来今天必须给学校打个电话说我病了。老师们现在应该还没到家。我走到最近的电话亭拨下号码。我希望温柔的校长秘书能接到电话。当我一听见对面话筒被拎起的声音时，我立即做了下自我介绍。

"是你啊，校长秘书已经离开了，所以老师现在来当电话值班员。我开玩笑的。"这是安科-延森的声音。

"我今天生病了。"我迅速地说道。

"不要想太多，我刚才和你父亲聊过了。他把所有情况都告诉我了。我还有一个想法，我和我弟弟之间也有这样的问题。我理解你现在所经历的一切。"

"再见。"说完，我目瞪口呆地挂上了电话。

现在我得赶紧去看望母亲了，必须赶在父亲阻止我之前去。我拉上滑雪衫的拉链，戴上帽子，沿着卡尔约翰街向前走。就在我到达议会大厦前，走到伊格广场一半的时候，我看见了从阿克大街左边走来的妮娜，她走在最近的人行道上。但愿她不要朝我这个方向看。我现在不想和她说话。求求她让我一个人待着，继续往前走吧，我一边想，一边彻底停下了脚步。妮娜走了两步路，然后转过头看着我。我真不想直视她的眼睛，可我躲不开了。

"嗨，是你吗？"

"嗯，是我。"

"我今天怎么没在学校见到你？"

"那就诡异了。"

"你现在要去哪儿？"

"我也不太确定。"

"你要和我一起去看国家艺术画廊的展览吗？那边有幅爱德华·蒙克的画，叫做，算了不说德语，翻译给你听，《指关节手臂自画像》。我打算在作文的作业里写这个，你知道吧。"

她是不是觉得我一句德语也不会说？

"今天不行。我要去看我阿姨。她躺在……我不记得名字了……对了，在迪肯之家。"

这地方我几年前去过，我知道它的路线和我现在的方向是一致的。

我们站在原地看着对方，她好像发现我在撒谎。

"所以你不想去对吗？"

"今天不走运，没法去。对不起。"我一边说，一边对她抱歉地微笑。

"再见。"她说得很严肃，然后朝着大学路前进。

我想起那天看完学校的牙医后，在学校走廊的浅绿色墙边经过彼此的时光。我们并没有走到彼此面前。无数次，我看见她像那样从走廊里向我走来，她穿着红色的毛衣，一边捋着刘海一边看着我。每次看到那样的她时，我的身上都会产生某些变化，但我不知道那是什么。那又怎么样呢？现在我已经伤害了她。如果我诚实待她，她或许会安慰我。我们在新年一起参观弗莱娅工厂那一次，当安科-延森在讲话时，她独自坐在弗莱娅大厅的一张桌子旁。妮娜并没有注意到我当时在观察她。后来，她的桌子边上坐了其他女孩儿。我一直注视着她，她抬起纤长脖颈的样子，她的脑袋，她的目光，我解释不了为什么这么做，但是我忍不住。我走在卡尔约翰大街的人行道上，努力告诉自己，假如妮娜再也不愿意见到我，那么，只要我活着，我就能随时唤醒，当初在学校走廊和弗莱娅大厅里看见她的闪亮回忆。

我沿着卡尔约翰大街继续往前走。行色匆匆的人们从我的四面八方经过。我长着两只耳朵，可却什么也听不见。我过去应该多和母亲聊聊天的。但我们应该聊些什么呢？当我看见客厅里翻转倒地的家具时，我感觉我的家也跟着支离破碎，一切都完了。

我多想轻轻柔柔地好好和母亲聊聊天。告诉她，她在我小时候为我做的一切是多么让人感动。告诉她，她对我的意义有多大。人行道前方的人影不就是母亲吗？我大声喊叫，加快步伐。可她并没有转身。我终于追上去，让她扭过身来。

面前的这个人停下脚步回头看我。

"怎么了？"

这位妇人比母亲年老得多。

她们的脸完全不像。"对不起，我以为……"说完我便匆匆朝大学广场走去。

18

在高斯塔德车站，我向一个和我一同下车的老妇人询问医院的地址。她指着远处的一个农场，稍微往山上走一些的地方。

"高斯塔德就在这些被冰雪覆盖的田野农庄的后面。你看见那高高的烟囱了吗？它立在那片地区中央的灯塔上。不用走很远就到总服务台了，你可以去那里问问。"

"你在那儿上班吗？"

"我以前在，现在退休了，"她说，"我可以陪你过去，我家住的不远。"

我偷偷看了一眼她的脸，她并没有注意我的这个动作。我们并排一同走过了一座桥，下面是湍急的小溪流。山坡挺缓的，上山后我们经过了农场上的谷仓。白雪被清扫在红色的边线旁，堆得高高的。她身上罩着一件厚厚的长袍，头上裹着一条羊毛围巾。圆圆的眼镜背后藏着一双灰色的眼睛。这就是和疯子打交道的人的长相，同我过去想象的并不一样。

"到了，"她一边说，一边指着几栋两层楼高的棕红色砖房，"沿着这条路走，就能找人问到总服务台。你是要看什么人吗？"

对于这个问题我不知如何作答。

"你不用回答我。一切都是最好的安排。"

我想问她怎么能说出这样的话。但她送给我的微笑却让我立即改变了主意。如果我当时告诉她真相，她一定是我这辈子碰见最善良的人，我愿意相信她说的每个字。我正在考虑是否要告诉她我去看望谁，犹豫着是否要问她愿不愿意跟我一起去。

当道路在高斯塔德疗养院分叉时，她向我点头致意，然后便和我分开了。我站在原地，等到她离开视线才走。

我在采石场里捡了一拳头大小的碎雪。雪花是干的。如果母亲从朗格医生那儿得知了情况该怎么办？她是因为这件事才生病的吗？或许她觉得这是她的错？可怜的妈妈。我要告诉她我究竟是什么情况，但我也不知道这件事是伤害了她还是我。我要告诉她，朗格医生或许可以比我解释得更好，与此同时我要把诊断书里提到的各种情况罗列出来，我必须强调我会好起来的这一点，绝对不能提轮椅两个字。

一架飞机在我头顶上方低空掠过，影子像是拖着身子拂过白色地面的交叉线。附近的飞机纵横交错地在四周经过，我的视线一路追随，看着它们如何慢慢起飞。我感觉自己渐渐地向后倒去，时间一分一秒过去，我可以将自己藏在每一个影子里。

我有点头晕，努力站起来后，我觉得自己像一个融化的雪人，渴望回到自己当初的模样。

远处的风打在树上。我终于迈开步子，迟疑地朝红色的大砖房走去。我要现在就回家吗？还是找个地方躲起来？我是一个叛徒。我正走在去院子的路上，我的罪孽比犹大更深重。父亲当初捂住了母亲的嘴巴，他们把她塞进了救护车。但我却冷眼旁观什么也没做。我没有资格找任何借口，必须把一切都向她坦白。犹大为了三十个银币才出卖良心，而我连一分钱也没得到。这都是我自己做的选择。

我经过一栋黄色的木质房子，根据指示牌，那是疗养院的一部分。然后我走到一个广场，一栋现代化的砖房从其他建筑中脱颖而出。或许我可以到那里问问？里面黑漆漆的，只看见房子背面一扇孤零零的窗户，透着些光。我敲了敲窗，一位身材短小、挺着啤酒肚的男士出现在窗户背后，对我微微一笑。他的头发灰白，络腮胡苍髯如戟，语调温柔，他提醒我去找这儿的主任，阿尔纳多，只是他的个头至少要矮一个头。当我们四目交会时，他突然消失了。长墙边上的门开着，离我有一些远，我不知道接下去该怎么干。这位男子拿着一块路障走了出来，放在门廊上，然后像一只帝企鹅一般左摇右晃地朝我走来。

"有什么可能帮你的吗？"他客气地问道。

"我来找人，但是不知道应该去哪个科。"

他指了指一栋矮楼。

"你看见那扇半开着的窗户了吗，里面透着光的那个？那里是总服务台，"他说，"我只是这儿的一个木匠，你知道吧。"我向他道谢后，他大约走了一百码远，接着开始敲打木盒。

"现在天色已经不早了。"窗户背后的人说。

声音听着是一位喉咙沙哑的女士。一位骨瘦如柴的老妇人出现了。

她的眼镜用丝带挂在脖子上。花白的头发十分稀薄。她打开窗，对着我打量了一番。

"什么事？"

"我想看望我母亲。"

她戴起眼镜。即使在那么差的光线下，我也能看见镜片上的灰尘。

"你有身份证吗？"她问我的时候又看了我一眼。

我把书包盖子底下的标签给她看，那上面写着我的名字。打了几通电话后，她把母亲所在的具体方位告诉了我。总服务台的这位女士让我朝着她所谓的"塔楼"方向走。在塔楼的屋顶上有个塔尖。走错路之后，一位穿着衬衫裤子的男士给我指了通往我要去的科室的路。我不知道他究竟是病人还是看护人员。屋子外面一个人也看不见。一辆拖着东西的拖拉机轰隆隆开进了大门里。拖车上放着牛奶桶和装着脏衣服的大篮子。驾驶员把拖拉机停在塔楼前结冰的喷泉旁。喷泉附近有一棵绑着丝带的圣诞树。终于走到我要去的这个地方了，我按了按门铃。脚下是锈迹斑斑的铁轨。一位年轻人给我开了门。他穿着短外套，额头上长满了痘痘。

"我来看我妈妈。"

"她叫什么名字？"

我说出她的姓名后，年轻人半信半疑地打量着我。

"我得先问问你能不能进来。我只是一个护工，我得叫负责这儿的护士过来。"

"我爸爸让我来这里看望她的。他会晚点儿来。"

"请你在这里等一下。"

我遵照他的吩咐等在外面。天色已经完全黑了。周围的窗户里亮起了一盏盏灯。不可否认，它们看上去很美。我有点等不及了。母亲看见我来应该会高兴吧。父亲一直都把母亲占为己有。我待会儿一看到妈妈，我要立马告诉她，从现在起，一切都会好起来的。门终于开了。这位年轻的护理工将黑色刘海下的目光牢牢锁定住我。

"我没找到负责的门卫。今晚和我一起搭班的另外两个门卫到房子另一侧分发食物去了。你母亲她动作不是很利索，你知道的吧？"

"我知道。我昨天晚上和她待在一起。"

"跟我来。"

我现在才意识到一般来探望病人，都会带鲜花或是甜食。但现在为时已晚。他打开门锁后我们一起走了进去。里面一个人也没有。我感觉自己想要大叫一声。护工带我走到另一扇门前。

"把外套挂在这儿。"

他指着一把靠近门边的皮革椅子。

"你以前来过这儿吗？"

我摇了摇头。

"你准备好了吗？"我点点头。

显而易见的是这门很沉，他打开门后，房间里有一张床和一扇窗户，旁边装着喷洒器和几扇小窗。气味有些怪怪的。白色的墙壁和天花板有些泛灰。地上铺着棕色的油布。床上只有一条薄薄的被子，放在床尾处。我没看见枕头。母亲蜷着腿跪在床上。肩膀以下的部分都藏在床单下。

看起来她下半身没穿衣服。房间里没有椅子，我看着油布地板上的四只床脚。

我能听见她的呼吸声。她在观察我。

"嗨，妈妈，是我。"

气氛有些紧张。我们无声地看着彼此，这让我有些喘不过气。她可是我的母亲啊。

"我终于来了，妈妈。"我说。

我是她的儿子，我们俩看着彼此，从对方的眼睛里能看到自己，也有眼神接触。我们之间隔着一个手臂的距离。她的发际线周围出汗了。头发被捋到后脑勺上。看起来她好像无数次用手指拉拽着自己的头发。墙壁和天花板都是石板结构。外面的天彻底黑了。天花板上的吊灯在我们身上撒下光点。我听见了她沉重的呼吸声。她既没有合眼，也没有眨眼。汗水从她的脸颊上淌下来，汗珠流入她的上嘴唇里。她噘起嘴巴。

我朝她迈了一步，眼睛始终看着对方。我欠了欠身，想把手放在她的肩膀上，把她往我身上推，好让我的脸颊碰到她的脸颊。她的脑袋和身体仿佛扭成一团的结。她的目光太过锐利，让我想起了针头。在我剪断脐带、被托举起来时，也是同一双眼睛注视着我。我过去没注意到她竟然变得如此消瘦，头盖骨仿佛被削过一般。眼睛看上去异乎寻常的大。我的手指摸着她冰冷阴潮的脸颊。

她发出了尖叫。是母亲在尖叫。她把手高举在空中，床单滑落在床上。母亲冲向墙壁。我过去从未见过她赤身裸体的样子。她没去捡床单，这对她而言不重要。小象项链不见了。她把头和上半身对着墙壁乱撞。

边撞边惊声尖叫。我往回退，过去从未见过这类景象。她是没死，但这比死还要糟糕。她活着，难道是身体里有东西在燃烧吗？

"走开，救命！"她在原处尖叫，"把他抓走，我什么也没做错！"

我感觉自己就快要喘不上气了。

"是我，妈妈。我就站在你面前。我是你的儿子。"

你能听见我吗？

"救救我。"

她不再尖叫。或许刚才这些已经缓过去了？她应该能对我认出一二的。

我走向床，她又重新开始尖叫。声音像一把冰斧子朝我砍来。没有东西比这更伤人了。我出了好多汗，她的尖叫声如同刀割在我的心上，将我劈成碎片。母亲是我在这世界上最宝贵的人。

门被猛地推开。我的视线并没有从她身上离开。

"你在这里做什么？"我的身后传来一位男子浑厚的嗓音。

是爸爸。我的脚没动，身体面向母亲。过了一小会，我才转过头看他。他既没有摘围巾，也没有脱外套。他的两颊红彤彤的。我不清楚这是因为寒冷还是愤怒。护工站在他的身后。父亲转过身看着护工，狠狠抓着他的衣领子。

"你走。我们能搞定。请让我们单独待一会儿。"

护工看上去似乎想要说些什么。他把身体前倾，看着母亲。母亲很安静。他点点头，走了出去，轻轻地关上了重重的门。父亲就站在房间里。他远远地望着母亲。可母亲并没有看他。

"你听见我刚才的问题了。你来这里做什么。"

"我想来看看妈妈。"

"我告诉过你，等过段时间再来。你应该记得很清楚，我们今天一大早讨论的结果。"

"她是我妈妈。"

"我和你说得很清楚。"

他的声音很轻，一边说话一边望着母亲那儿。

"她是我妈妈，她生病了我想来看她。"我拉高了嗓门。

"我发现你不在家之后给学校打了电话。"

"是吗？"我开始没了底气。

"我感觉到你可能逃学了。我和安科-延森聊过了。我告诉他你妈妈生病了。"

"安科-延森说了什么？"

我希望这事情能彻底翻篇。

"他说你没去学校。"

我低头看着地板。

"我的孩子，你一定要理解，我不希望你看见那样的妈妈。"父亲小声对我说话的时候，朝母亲点了点头。

我有些结结巴巴地，他应该看不见我哭，我提高嗓门说：

"你唯一在乎的人就是……"

我迟疑了几秒钟。

"……妈妈。你都没告诉我她到底怎么了。"

母亲一边尖叫，一边把头撞向墙壁。

"怎么了，妈妈?"我大叫起来。

父亲冲到床上。我感觉到眼前一黑，自己的膝盖要支撑不住了，身体倒向了地板。当我恢复意识后，我又努力重新站了起来。母亲已经不叫了。父亲拉着我的右手臂，好让我起来，恢复坐着的姿势。我的双腿开始发抖。然后他把我抱起来，扶着我站立。我的脸颊湿了，难道我刚才哭过了吗?

"你晕过去了。"父亲说。

仅此而已。他没看见我吗? 他的目光注视着母亲。

母亲已经平静下来了，她重新把床单拉起来，盖住上半身。父亲把弄皱的枕头从床尾拿过来，尽可能地小心折叠在她的脑袋下面。母亲的呼吸声很平静，她看向上方的天花板。父亲举起手，像是要抚摸她脸颊的样子。然后突然又缩了回去。

"你记得第一次开车时的样子吗，涂丽德?"他说，"我从父亲那儿把那辆快要散架的福特借了过来，借车的前几天我刚考出驾照。那时候我们还不是情侣。我提议我们一起开车去坐弗洛伊小火车，把车停在那儿，然后乘坐小火车去山顶。然后……"

父亲的脸上浮现出温暖的笑容，整张脸都散发着光芒。我已经好久没有见过这样的他了。

"……你记得吗，亲爱的? 你自己对我说的，你当时只是无意中随便摸了摸我的大腿。我瞬间就看不清楚路了，我把头转向你对你微笑，还记得吗，涂丽德?"

我盯着父亲。他真的以为母亲会回答吗?

她开始说话了。我和父亲为之一怔。她在说有关鸟的句子。每个单词都很清楚,绝对不会听错。她的声音很小,有大鸟,也有小鸟。有羽毛丰满和光秃秃的鸟。我从来没听见过她讲鸟的事情。她还说了鸟喙、羽毛和鸟爪。有飞得高和飞得低的鸟。但是没有提到不同种类的鸟,只是单纯地说鸟。不停地说鸟。有停在树上和电线上的鸟。还有在天空、在海上和高山上的鸟。这是我的母亲。妈妈、爸爸和我现在在同一个房间里。父亲和我看了看彼此。然后他看了眼母亲,不敢打断她。尽管他们已经结婚有十七年了,但是现在他却没法碰她。他闭上眼睛,然后睁开看着我。眼神空洞。

"你没有做任何措施来阻止这一切,"我说,"你什么都没有和我说。一直把这件事藏着。我再也不要和你说话了。"

父亲没回应我。我转过身,使出全身的力气把门拉开。

护工坐在外面的椅子上。他仓促地站起身。

我眼前浮现出母亲的模样,她照顾我,教我走路,念书给我听。

"发生什么事了吗?"护工问我。

我把身后的门慢慢推上。父亲没有跟出来。

"把外套给我,放我出去。"

护工想和我说些什么。但我眼朝前方经过他身边,把外套掖在腋下,以最快的速度大步流星地走了出去。如果这只是一场电影,那么我会把摄像机里的胶卷砸碎,删除所有的画面。

我走到病房门外,穿上衣服,朝着电车站台走下山坡。

不要和我谈公正这个词。它在我的嘴里蠢蠢欲动，反复酝酿。我其实没有特别的要求，我只想要爸爸妈妈每天坐在厨房里，聊一些平常的琐事。别告诉我这是一个简单的愿望。那是骗我的。唯一一句真的是，祸不单行。

当我经过谷仓时，我听见一支乐队正在练习动物乐队的《太阳升起的房子》。幸好艾瑞克·博尔登和艾兰·普莱斯没有听见他们的声音。在谷仓前面我看见两个小男孩，他们用桥墩边上的雪在堆跳雪的小山丘。其中一个用铲子把雪扔到小丘上，另一个用脚踩着降落区域，确保落地时不会摔疼。场地周围有一盏挂在谷仓墙上的小灯在照明。我不知道通往市区的电车什么时候来，所以站在那儿看了他们一会儿。

"喂!"我大声喊道，"你们没有护具，样子很滑稽知道吗，无知的人啥都不懂。听见我说的了吗。你们俩不懂啥叫跳雪!"

他们抬起小小的脑袋，惊恐地看着我。我转过身继续往前走。就在我到达车站前，月亮探出了脑袋。

我犹豫了一下，但是继续往前走。鞋底在雪地上发出哒哒的响声。我走得很慢。街灯照在路面上，向黑暗投去刀锋般的光线。我一步接着一步往前走。隔着一小段距离，我看见了环路。那儿的马路像是一只趴在地上，长长的卷着身子的萤火虫。我能听见汽车的声音。还有我自己的脚步声。我举起左手，把滑雪衫的袖子往上拉了拉。我走在带拖车的拖拉机车痕上。鞋底和轨道的摩擦力很强，我想走快点，但走不了。为了不让自己摔倒我只能慢点走。好想回家。我前后摆动着双臂继续前进。

有辆车朝我开过来。它的一个车灯没亮。我可以继续坚持一会儿。

脑袋至少没问题。腿也有知觉。应该能走到车站。不是所有人都做得到。我看着沿环路排成一列的灯柱子，每个灯柱之间的距离都是相等的。柱子竖得笔直，是用木头做的。灯是金属制成，灯泡则是玻璃构造。我听见高斯塔德河在桥下流动的声音。我要回家去取我的滑雪板。一辆车跟在我身后。我认得那个车标。是欧宝。父亲的车。我跑不了了。我从街灯的光线里走出来，把背影对着马路。他开得很慢。我能听见电车靠近的声音。看来父亲在找我，但他并没有看见我。他开始加速。后车灯变红色了。看来车子要挂挡上路了。在汽车开往辛森钟表店的时候，尾灯射出耀眼的光线。

19

根据约斯特堡车站报纸上我看见的新闻通知，这天是侯门科伦春季赛前最后一个准备的夜晚了。我的滑雪板放在家的地下室里。我的系带是一等一的好货。滑雪板的长度是根据我的体型和身高定制的。今天不去就再也没机会了。今晚在侯门科伦跳雪的年轻运动员要比我大两到三岁。就算输了我也不怕。我必须在全世界最棒的跳雪场上纵身一跃。因为明年，我或许就再也没法扛起滑雪板了。

我气喘吁吁、汗流浃背地走到了高斯塔德车站。当我走上通往站台的小坡时，电车轰隆隆地滚进站台。车轮的刮擦声比以往更尖锐。或许是因为枕木都修好了？

父亲没必要阻止我。我以最快的速度，走完比约嘉德大街的最后几米路，一路爬上台阶，回到家里。

电话铃响了。我要接吗？如果是爸爸怎么办。我迟疑了一下，然后拿起听筒。

"是我。"

我听见了特隆德的声音。

"我今天没在学校看见你，你象棋俱乐部应该还来吧？"

"我生病了。"

我打算挂电话。

"昨天我读了一篇文章，讲的是奥地利的男爵，名叫沃夫冈·冯·阑培伦，"特隆德继续说，"他发明了一个自动下象棋的机器人，名叫'土耳其人'，头上戴着土耳其毡帽，右手拿着一根长长的水烟管。"

"你在做梦吧。"我说。

"冯·阑培伦用钥匙拉动这个机器人。"特隆德说，"如果'土耳其人'选择白色的格子，那么他的对手先下棋。"

"然后呢？"我难以置信地问道。

"它静静等待对手出击，一旦对手移动了，它会立刻以闪电般的速度移动。直到战斗结束，而且几乎每一次都是'土耳其人'获胜。"

"这证明了啥？"

"证明机器凌驾于人类之上。"

"这其中你忘记把其他因素考虑进去了吧。"我回答他。

"拿破仑是一名非常优秀的象棋选手。你同意他伟大的将军这一称号吗？"

"嗯。"我回答得很低声。

"或许他是世界上最伟大的，"特隆德还在说，"拿破仑要求同那位'土耳其人'弈棋。他们在维也纳郊外见面，就在美泉宫。"

"然后呢？"

"拿破仑在第十四步的时候就输了皇后，之后很快便全盘皆输。这位帝王想要复仇，可是仍旧以失败告终。他最后把象牙棋子打翻在地，怒气冲冲地从椅子上站起来，一边咒骂一边急匆匆地离开了城堡的大厅。你看，我们就应该成为机器。"

"我爸有事问我，我要挂电话了。"我对特隆德撒了个谎。

我快速套上在柜子里母亲叠得整整齐齐的裤子。父亲随时都可能冲进来。如果我比平时还要磨磨蹭蹭的话，那被他撞见的可能性就更高，事情就更危险了。这种可能性起初让我有些不安，我走路都有些摇摇晃晃的，后来甚至会让我退缩。看来我要镇定一下。

母亲用润滑油给我的滑雪板上好了油。我打开门锁，走进地下室里找出雪板。距离上次用右肩扛着它们出去已经过了好几个月了。父亲到家发现我不在家里，他一定会吃惊的。那又如何？他应该多去照顾自己的妻子，没必要来干涉我的生活。

我把车卡给公交车司机的时候，他看了我好久。

"三月里这么晚还有山坡可以跳？"

"嗯，侯门科伦有。"我说。

"那么多？"司机继续问我，"你年纪不大吧，还是？"

"我够大了。"说完，我坐在紧挨着他身后的空座上。我在大学广场下的车，随后乘上从国家大剧院出发的侯门科伦线电车。上山的路上我开始想念起妮娜。如果她能看着我从雪上滑下来该有多好。我会毫不犹豫地用全身力气伸展开身体，完全不会在起跳线上哆嗦退缩。最好她能站在起跳线下方的餐厅旁，看我跳下来，那儿离开始翱翔的地方最近，速度几乎是每小时一百公里，雪板仿佛被按下了开关，雪地和雪板背面的摩擦力开始发挥作用。等到雪板触碰到撒着颗粒的地面停止滑行，一切变得彻底安静后，跳雪者和观众才会听见雪板彻底降落的声音。妮娜应该来那儿看看的，我思考着。要不现在从车站给她打个电话？她都把我拖去那么远的地方滑雪了。现在应该轮到她来见识下我的本领了。不，她还是事后从别人嘴里听见我的表现比较好。

雪板比我记忆中要沉一些。马路上光秃秃的。雪地被踩平了，沾着水的沥青随处可见。冬天快结束了，跳雪的山坡得高一些才行。灯光洒在地面上。涂着白色油漆的跳雪区看上去如此震撼，即使在黄昏时分也毫不逊色。跳雪场隔壁的停车场上已经停了许多车。跳雪运动员和教练在那儿为青年跳雪练习赛做着最后的准备。我站在外围看着他们。比赛还没开始。但全场几乎鸦雀无声。微风迎面吹来。运动员们排好了队。幸运的是，这儿似乎一个我认识的人也没有。对于这类比赛来说，我的年纪还太小了些。我听见有位教练在那儿大吼大叫。完全听不清他在说什么。

不难看出所有的运动员都十分兴奋。他们一起扛着滑雪板，眼睛对准护目镜和系带。大部分人都有认识的人聊天。其中几个沉浸在自己的世界中。他们看起来一点也不像是要从这个大山坡上跳下来的人。我见过最棒的跳雪运动员是在侯门科伦场地下面试跳的运动员。我和父亲一起见过他们从平地上跳下来。

第一组选手小跑着走上楼梯，乘坐电梯去山顶上。我把眼镜戴好，测试了一下雪板的系带，然后把两块雪板放在一起。我看了眼手表。已经到了半个小时了。我前面还剩三个跳雪运动员。

如果身体是一台能通过大脑控制的机器就好了。古怪的是，我越是试着让自己少想点身体，脑袋里有关身体的思绪反而越变越多。

排在我前面的一个人回过头，在我身上看了很久。

"我过去没见过你吧？"

"噢？那就怪了。"我回答道。

他转过头，和他身前的人低声说了几句。电梯下来了，他挤了进去。里面一共可以乘坐三个人。站在他前面的那个年轻人也跟着进去了。只剩下我一个人。我无所谓。我的梦想是独自站在顶端。就我一个人。新一批的跳雪运动员在我背后聚集起来。第一个上来的人额头上出了好多汗。他把帽子塞在口袋里，眼睛向下看着，仿佛集中注意力，在纠正第一次跳下时犯下的错误。

"你跳多远，奥格？"他大声地对着跟在身后的人问道。

"不超过八十四米吧。"他回答前面那个叫他奥格的人。他抬起头，径直看着我。一边捋着头发一边目不转睛地盯着我。

"你年纪太小不应该来这儿。"他说得很响。

后面跟上来的两个人停下脚步也看着我。

"你确定你没走错山坡？"最后一个上来的人嘲笑我。

我的太阳穴开始疼了起来。嘴巴好干。呼吸仿佛一束火花，拼命想要点燃生命的火焰，但却只是徒劳而已。

"我教练让我上来跳的。"我一边说，一边拉了拉系带。

我把脸转向电梯门，打开门，两个离得最近的人上了电梯。一路上去的时候，我基本都看着墙壁。就在电梯停稳之前，我看向了侧面。大家有说有笑，一边微笑一边耸肩。电梯停下后，我让他们走在我前面。

"你们先跳好了。"我说。

"随便你。"那位口袋里塞着帽子的人说。

站在山顶上，我觉得风势变得更猛了。尽管我们站在类似小房子一样的地方，但这个地方没有门，不太容易被注意到。我们穿上滑雪板，我要低头看着下面的安全员，等轮到我了再上前去。透过侧面的窗户我可以看到玛约斯图恩大街上明亮的菲利普大楼，以及远处的田野，和沿着峡湾笔直望到尽头的市政厅。侯门科伦的塔尖像是戳着夜空的锥子。往奥斯陆峡湾出去一些，我能瞥见船尾亮着好几层灯的货船。排在我前面的两个人消失在了起跳区。我的滑雪板已经固定好很久了。护目镜和手套的位置调试得不能再精确了。我把滑雪板前后滑了一下。这时候我尝到从屁股和腿部蔓延开来的疼痛滋味。

我低头看着起跳区。机会来了。反正我也没什么后顾之忧了。起跳区很长，而且很陡。在滑道中间，就快到起跳边缘的地方，有两根桦树枝，彼此间隔一米的距离。我蹲下身体然后站起来。脚几乎不太能站稳。我不得不看一下情况。我咽了咽口水，紧接着后面一波的跳雪运动员便乘着电梯上来了。起跳线边缘站着一个人。他挥了挥手，然后站在滑道中间。

他张开嘴对我大吼了几句。可是风把他说的话都吞没了。

"走开。"我也回叫了一下。

这个人并没有挪开。他看着我挥了挥手臂。我环顾四周。电梯上来有一会儿了。

"我带你下去！"我大叫着回应他。

可他仍旧没动。远处响了一声警报。我抬起头，把目光转向声音的来源处。漆黑的苍穹在为我激动雀跃。随后声音消失了。

树上有些厚厚的雪花片和大块伪装的雨珠滴落在塔前。连绵不绝的树。我咳嗽了一下，然后开始说话，不停地说话，说几个打破宁静的单词就好。

现在这里只有我一个人。

这样的感觉是最好的。

我开始想母亲了。这至少能让我的注意力从我的身体上转移几秒钟。

天空又刮起了一阵风。山上的塔楼太吵，以至于我都能感觉到它在风中摇晃的声音。我把滑雪板向后滑动，这样能在我抓住栏杆前获得额外的速度。我将身体后倾，好让我出发的时候获得更大的冲力。

忽然我感觉到一双有力的双臂正牢牢抓着我，我的生命握在他的手里。

"你在做什么？"声音冲着我的耳朵大吼。

"让我跳下去！"

"你疯了吗？"

我认出了那个声音。

"我要跳下去，然后滑翔到降落区。不要阻止我。"我高声喊叫着。

"你会弄死自己的。"

"我必须跳下去。"

我的身体没法再像过去那样站直了。越来越多的人上来。我的雪板被拆了下来，整个人被抱了起来。

　　这双威猛有力的手臂仍然抱着我。我低头看着平原，静静观察着塔楼、跳雪区、降落区、附近的村庄和峡湾。我想象着，三月的一个星期天，我站在这里，身边坐着成千上万的观众，他们正等待着安全员吹响开始的信号。

　　"等你伤好了，再接受几个赛季的训练后，你或许能上这儿来试试。"我回过头。是佩尔。他的身后站着另一名教练和跳雪运动员。他们并没有笑我。我摇了摇头，然后开始哭了起来。

　　"这不是真的，佩尔。这是我最后的机会。"

　　"不要这么悲观。"佩尔鼓励我。

　　"谁把这个事情传给你听的？"

　　"我在这儿带一些年轻人训练。有一位跳雪运动员对我说有位他们不认识的人正准备去跳雪。不讲这个了。"佩尔回答了我。

　　"你说起来容易。"我说。

　　他没有听见我说的。

　　"我会把他带下来，开车送他回家的，"佩尔对另外两个运动员说道，"我们两个自己坐电梯下去。"

　　如果我必须要和别人站在同一部电梯里，那这个人只能是佩尔。

　　当我们走出去时，他拿起我的滑雪板，把它们扛在自己肩上。等待上塔楼跳雪的运动员们瞪着我看个不停，就像看着一个被带出法庭的恶棍。佩尔把那些特爱打听的人推到一边，把我领到沃尔沃旁边，跳雪的时候它一直停在停车场里。他为我打开前门，然后把滑雪板固定在车顶上。我们并没有说什么话。

直到我们开过玛约十字路口时，他开口说：

"作为一名跳雪运动员，一定的勇气是必须要有的。但光有勇气只是鲁莽愚蠢的行为。那样真的很危险。"

我看着窗外，才注意到外面仍旧在下雪。我的眼睛没有焦点，不记得自己看到了什么。

"你现在感觉好一些了吗？"

我点点头。

"你知道吗佩尔，有些事情永远不会在我身上发生了。"我说。

"你现在回家好好休息。然后明天早上我会给你打电话的。"

他把我放在楼梯口，然后取下车顶的滑雪板。

"你现在自己能走吗？"

"能，谢谢你开车送我回家。"

他坐回驾驶座，关上车门。我站在原地，他摇下了车窗。

"你确定你没问题？"

我点点头致以微笑。

20

我把滑雪衫挂在门廊里，费了点力气把靴子脱了下来。弯腰的时候
有些疼。我把靴子放在前几天母亲放好的报纸上，鞋底漏出来的水渗入
报纸上的文字和图片中。客厅的门基本又恢复关闭的状态。我瞥了一眼
父亲的脸，以及他白衬衫的左袖。他什么也没说。这正合我意，等我把
手套、护目镜和帽子放进抽屉之后，我打开客厅的房门。他没有抬头看
我。我们俩彼此什么也没说。

他坐在餐桌旁，用放大镜观察着一块手表的内部结构。我的屁股好
像有些疼。我穿着袜套慢慢地走进自己的房间。肚子有些饿了。但我得
过一会才能吃东西。我先躺在床上按摩自己的大腿和小腿。我的腿并没
有受伤，这才是问题所在。膝盖骨以上，我基本没有任何感觉。双脚和
双腿仿佛快要从我的身体上脱离开。是时候告诉父亲我心里的想法了。
如果我这次不说的话，那我以后永远也没有资格去责怪他了。

他什么时候才会开始在意我呢？他难道不明白我也有自己要面对的
事情吗？我是他的儿子。他难道不懂吗？他只是坐在客厅里，埋头工作，
躲着不和我说话。他是觉得我整晚都待在房里睡觉吗？他不知道我害怕

这种安静吗？我看着自己的右手。手不是人最后想要触碰的东西吗？外婆去世的时候握着我的手。闭上眼睛后，她停止了呼吸，我能感觉到，因为她握手的力气变软了。那是她去世前做的最后一件事。我把头转到左侧。左手放在臀部周围等待着。我必须小心点让自己站起来。距离上一顿饭，过去多久了？虽然饿，但我现在吃不下任何东西。

通往比斯雷特的公交车在窗外呼啸着驶过。客厅的壁钟在响。我能听见伊万森一家砰地关上楼道垃圾井盖子的声音。父亲那儿什么动静也没有。我抬起手臂，费力地把手操控到右侧膝盖上。然后用双手抬起膝盖。接着是大腿和小腿。左边的肩膀比右边稍微弱一些。我的手指还挺有力气的，难道不是吗？我把手指按在膝盖上，没错。接着我环顾左右。我要等多久才能去找父亲说话呢？我松开膝盖，然后抬起手。膝盖并没有落在床垫上。它只是以一百二十度的姿势竖在空中。我把右脚挪动到床的边缘，然后沉在地板上，随后抓住床的围栏，将上半身抬起成垂直姿势。跟着我把左脚也挪下床。双手抓牢椅子和围栏，接着用手帮助大腿的肌肉支撑自己，调整成站立的姿势。最早站立的人类在非洲东部。要靠双脚站立本来就不是理所当然的事情。我低头看着袜子，让我想到了两个支架。

我和父亲之间只隔着两道门，楼上地板的水管传来液体流动的声音。我不再是胆怯的小屁孩了。如果直到他去世我都没有告诉他我的想法会怎么样？如果他死在客厅会怎么办？所以公寓才会这么静悄悄吗？我的双腿现在能支撑住我。它们朝着我面前的房门径直走去。我按下门把手，推开门，走到门廊上，然后杵在客厅的门槛上。房门打开的角度和我一小时前离开的时候一样。父亲坐在里面，他没有移动过身子。他歪着脑袋，上半身弯向一块劣质的女士手表。这和他之前修理的是同一个东西。看见父亲，我有了新的动力。

他把金色的头发向后梳，刘海垂在额头上，时不时被他捋到一侧。棕色眼睛透过薄薄的方形镜片凝视着手表，他习惯在工作时佩戴这副眼镜。几乎看不见他高耸突出的颧骨。他修表的时候不停地捋着头发。发丝、钟表，还有眼镜片，在餐桌吊灯撒下的光束下，显得格外清晰。带着蓝色横条纹的红色领带被搁在右肩上，这样在修显微镜下的手表螺丝部件的时候，不会阻挡住视线。手上的放大镜如往常一般一毫米一毫米地扫过手表。他找到了其中一把最小的螺丝刀。面前放着一个木制的小工具盒。盒子一共有两层，里面的工具总是规整得井井有条。他从来不会一下子拿出两样工具，也绝不会同时让好几样工具闲置地放在桌上。小时候，有一次我没有得到父亲的允许，偷偷把里面的小螺丝刀拿出来玩。这是我整个童年时期做过最丢脸的一件事。

螺丝、钳子、各种大小的玻璃片、弹簧、小锤子、锯子、锚固螺纹、放大镜，还有最后的，显微镜。根据父亲说的，显微镜是"做诊断"最重要的工具。这个工具盒是他自己做的。他几乎时时刻刻都把它随身携带。至少在家和店铺的时候都带着。工具盒里经常会有两到三块需要修理的手表。用完放大镜之后，他会在修理的过程中自觉拿出显微镜。对待钟表，他就像一名心外科手术医生，正在用外科手术刀切着病患的心脏。这是他自己做的比喻。他过去常说："这世界最重要的就是让心脏和钟表跳动起来。"

父亲把放大镜放回盒子里，掏出显微镜。他前倾身体看着手表。我能看见他的刘海上结了一些薄薄的冰。灰白的头发看着像是翅膀。衬衫的袖子被卷了起来，仿佛除了修理钟表，他什么事情也不会做。他大概只会做他理解的事情。

门厅的雨伞架上立着母亲和父亲的雨伞，以及爷爷传下来的沉沉的拐杖。拐杖有着漂亮的银边，放在那里是作为摆设，因为母亲觉得它很适合用来装饰。父亲难道真的不打算说点有关母亲的事情吗？对于今天和母亲的会面他难道没有一句话想说吗？他是不是觉得自己可以靠埋头工作来躲过这一切？我不再是傻瓜了。我抓住拐杖的把手。除了他自己，他有考虑过别人吗？如果他觉得自己很厉害，那恐怕错了。母亲一定会知道他是怎么对她的。

我不知道自己在那儿站了多久，我看着他是希望他能够注意到我。他应该思考了很长时间为什么我站在那里注视着他吧。父亲应该对这种不确定感很熟悉，而且时间不短。他应该在心里问自己一些问题。如果他不这么做的话，那我会帮帮他。看起来他好像全身心投入在工作中。他怎么能如此冷酷？就同他面前钟表里的零部件一样冷酷。不，或许父亲更像是桌上的连接器和螺丝刀。

我的手紧紧攥着拐杖，手都有些僵硬了。因为抓得太用力，要松开突然变得有些困难。我的手感觉像是一个爪子。于是我走到门口看着他。父亲从显微镜上抬起头。虽然头发已经完全被拨弄到后面，他还是用手又捋了捋头发，然后把显微镜推到一旁，拉直领带，最后将脑袋朝右稍稍转动，这下我能看见他的眉毛了。他咳嗽了一声，然后缓缓将脸转向我。

"所以你现在是想和我说点什么吗？在医院的时候我没觉得你想和我说话。"

我说不出话来。

"你是要和我道歉吗？"

"你还说呢！"我回击了一句，然后有意识地抬起右脚，朝他走近一步。

"嗯，我一直都在期盼着你会过来道歉。"

我把脚放回门槛上。

"在高斯塔德说的每句话我都是认真的。"我说。

"只有一件事我后悔了。"

"什么事？"

"我还是有些软弱退缩。"

我握着拐杖，三步走进了客厅，眼睛仍旧牢牢锁住父亲。他起身站着。

"你清楚自己现在手里拿着爷爷的拐杖吗？"

"我知道，因为握得太紧所以我现在松不开了。"

"你知道这不是你的拐杖对吧。"

"我知道。"

"那你为什么要拿着它？"

"因为我需要用它。"我回复道。

"给我。"

"你不要再这么欺负我了！"把这句话说出口的时候我能感觉自己在喘气。

"你的意思是，母亲生病是我的过错吗？"

我举起拐杖。

他没有弯腰，只是直直地看着我，也没有要把它从我手里拿走的意思。

"你知道自己现在在做什么吗？"

"不要扯开话题。你没有说为什么觉得我不可以知道那么多。"我的声音非常响亮。

我注视着他。

"你为什么瞒着我很多事情，爸爸？"

"母亲一直都很担惊受怕，你应该知道，她有时候……有问题，她怕她们学校办公室或是家里人知道这件事，知道她偶尔会发那样的病。"

"那我呢？"

"她不希望你，每次你一想起她，就会联想起一个病人或是一个疯子。你也要站在她的立场想一下。"

"我一直站在她的角度着想。"

父亲抖了抖肩。

"不要把妈妈的病情告诉人。这是她最后的愿望。如果说太多，会有别人说我们家的闲话。如果她必须关在那儿的话，这样她还有我们的处境会更加困难，你明白吗？"

"母亲是什么时候把这一切告诉你的？是在我离开高斯塔德之后

吗？我去的时候，她没什么话对我说。"

"我们之前就说过这件事，在一次契机下。"

"你都同意她的想法吗？"

父亲看上去有一丝迟疑，然后他坚定地对我说：

"几乎都同意。"

"所以你才在她上车的时候捂住她的嘴巴，好让我别发现她病得有多严重？"

他惊呆的眼神让我一时半会儿松开了拐杖，但我很快抓住它继续举在空中。

"说实话！"

"我一直在那儿。"父亲回答道。

"那马西森又是谁？我听见你和妈妈讨论过这个。"

"你应该是听错了。"

父亲看着我的眼睛。

"奥斯卡·马西森是挪威这么多年来最棒的滑冰运动员。"

"我知道。"我说。

"长大成人是一件令人极其不适的事情，"我听得出，父亲说话的时候加上了一种相当肯定的语气，"还有四周你就要满十五岁了。"

"你觉得我会怎么想这件事？"我吼得很响。

"或许再过几年你就会理解了。"

"我现在已经大了，可以知道故事的结尾了，爸爸。你刚才说的还没结束，对吗？"

"奥斯卡·马西森非常爱他的妻子，后来他的妻子得了精神病。等到她病入膏肓到无法再照顾自己时，他先用枪射死了她，然后自杀。"

父亲的表情看着怅然若失，接着他闭起了眼睛。

"不要再问下去了，求你。"

"还有别的事情瞒着我吗，爸爸？"

他的目光在工具盒和我之间来回切换。

"你确定你想知道？"

"是的。"我用最平静的语气回答他。

父亲睁开了眼睛。

"我是个比你想得还要差劲的人。我曾经答应过涂丽德不会把她从我身边送走。她很确定她这次不会回来了。"

他低着头，把脸埋在胸膛上，然后又闭上了眼睛。

过了一会儿他抬头看着我。

"你怎么能背叛妈妈和我？"我轻声地说道。

"我不是什么英雄好汉。"父亲说。

我放下了拐杖。

"比起我，佩尔教练或许是一个更好的榜样。"

我把拐杖再次掉在地上。

"你不知道我以后再也没办法跳雪了吗，爸爸？"我说，"我不知道我该怎么办。我很害怕。"

他弯着身子，把头埋在手里。我站在他面前，等待一个回答。可却迟迟等不来。

我看着父亲低垂的脖子，我知道我将永远记住这一刻：我没有父亲。以后也不会有。我想，就算一条狗，至少也会看看我，不管它是什么品种，什么颜色，什么体型。

第二天晚上，家里门铃响了。我睡在自己的卧室里，突然被这猛烈的声音吵醒。父亲没有开门。他或许正坐在餐桌旁沉浸在自己的工作中。我爬下床，看着从佩尔那儿收到的大奖牌。我一定要把这东西完好无损地还回去。或许外面没人敲门？没人的话就最好不过了。

这时候门铃又响了。我走出房间，来到门廊上打开门。是妮娜。我感觉太阳穴开始发疼。家里所有的一切都还一团乱呢。

"我正好从这儿经过，"她说，"我刚从我闺蜜家出来打算回家，她住在皮勒特雷德。你还没睡吗？"

"我休息了一下。"

"你爸爸妈妈在家吗？"

"妈妈不在，爸爸在，他在客厅里忙工作。"

"我们接下去要不再去滑一次雪？"

"别和我开玩笑。"

我刚想关门，她立马把右手挡在门和门框中间。

"别！"

我感觉自己的声音仿佛是穿过好几个过滤器，慢慢冒出来似的。

"我才没那么好打发。"妮娜说。

她的刘海很直，应该才剪过。她没有笑，我愿意相信她。她把一只穿着靴子的脚迈了进来，随后用右手把门轻轻推开。

她的头发有点湿。

"我能看一下你的房间吗?"她说,"你有自己的房间对吧?"

我点点头。

她脱下靴子。我带着她走进房间里。

"还没整理过。"我说。

她进来之后我把门关上。我们什么也没说,只是朝小窗户外看。雪花从四面八方飘过来。街道被冰雪覆上了一层遮不住的白布。月亮露出了脸庞,同我们俩说着悄悄话。

此时此刻。我发现,她在看我。